PHILIPP SCHOLZ

DT1BX9 – KONTAKTLINIE

PHILIPP SCHOLZ

DT1BX9

KONTAKTLINIE

BAND 2

ROMAN

R. G. Fischer Verlag

Die folgenden Ereignisse sind frei erfunden. Alle dennoch möglichen Ähnlichkeiten mit lebenden oder verstorbenen Personen oder Handlungen wären rein zufällig.

Bibliografische Information der Deutschen Nationalbibliothek:
Die Deutsche Nationalbibliothek verzeichnet diese Publikation in der Deutschen Nationalbibliografie; detaillierte bibliografische Daten sind im Internet über http://dnb.dnb.de abrufbar.

Orber Str. 30, D-60386 Frankfurt/Main

Schriftart: Palatino 11 pt
Herstellung: rgf/bf/2A
ISBN 978-3-8301-9590-0

Für alle gefallenen und verschwundenen
Freunde und Kameraden.

Prolog

Mitte Januar des neuen Jahres 2014 kehrte ich wieder nach Deutschland zurück. Es war das letzte Mal, dass ich Lev und seine Familie beisammen sah. Es war das letzte Mal, dass ich ein Flugzeug auf dem Sergei Prokofjew Flughafen besteigen sollte.

Wenige Wochen später begann der bewaffnete Ukrainekonflikt, der sich allmählich in einen Krieg entwickelte. Fassungslos sah ich den Fernsehbildern der Tagesschau zu, welche die Zerstörungen der Oblasten Luhansk und Donezk zeigten.

Es waren Bilder von zerstörten Straßenzügen und Zivilgebäuden, zerstörten Eisenbahnbrücken und Fahrzeugen. In bisher ruhigen Wohngebieten durchbrachen Panzer der russischen oder ukrainischen Armee die provisorischen Straßensperren der Milizen in einer solch hohen Geschwindigkeit, dass dabei kaum auf die Zivilbevölkerung Rücksicht genommen werden konnte.

Ende Mai, nach der Präsidentschaftswahl in der Ukraine, schloss der Sergei-Prokofjew-Flughafen für immer seine Türen. Im Verlauf des Krieges wurde er schließlich vollkommen zerstört. Der Krieg selbst dauerte unentwegt an.

Hier in Süddeutschland war er weit weg und stellte für viele keine Bedrohung dar. Ich dachte anders darüber nach, denn ich hatte gute Bekannte vor Ort.

Die einzigen Auswirkungen, die ich bei uns in Deutschland wahrnehmen konnte, waren, dass die Wertpapiere von Rosneft oder Gazprom stark zurückgingen oder dass jeden Abend ein weiterer Bericht in der Tagesschau gesendet wurde. Ansonsten war alles wie immer.

Während ich auf den Verfall des Rubels spekulieren konnte, hatte die russische und ukrainische Bevölkerung unter der Entwertung der eigenen Währung zu leiden.

Während ich mir unentschlossen neue Echtledersitzbezüge für meinen Mercedes aussuchen konnte, wurde Levs Existenz mit Panzern überrollt.

Während in Heidelberg feierlich eine neue Naturwiese für gefährdete Eidechsenarten eingeweiht wurde, fiel im Donezker Flughafen der Tower im Artilleriebeschuss in sich zusammen.

Das Leben ging weiter.

An einem Sommerabend setzte ich mich auf den Balkon meiner Wohnung und schaute über die Rheinebene dem Sonnenuntergang zu. Die Sonne hatte ein kräftiges und warmes Rotorange, welches mich schon fast blendete. Das Abendrot färbte die vereinzelten Wolken in ein schwaches lila.

Der Blick über die Rheinebene war klar. Linker Hand konnte ich die beiden Kühltürme des AKW Philippsburg I und II sehen. Aus einem Turm stieg eine Wolke empor, die aussah, als hätte es eine Fehlzündung gegeben. Einzelne kleine Wolken. Es war eine friedliche Abendstimmung. Lediglich ein Krankenwagen, der auf der Bundesstraße 3 in Richtung Heidelberg fuhr, unterbrach diese Ruhe für einen Moment.

Ich zündete mir eine Zigarette an, lehnte mich an das Geländer und träumte weiter in die Landschaft hinein. Am ganz rechten Ende meines Blickfeldes lagen Mannheim und die Schlote der Kraftwerke in Rheinau.

Ich dachte an die vergangenen Zeiten. An die verschiedenen Menschen und deren Schicksale, die ich während dieser Zeit kennen gelernt habe. Die erlebten letzten vier Jahre haben mich als Menschen geändert, wie es keine andere Zeit in meinem Leben getan hat. Ich bin an ihr gewachsen. Das Erlebte hat mich geprägt. In der Hinsicht, wie der Krieg einen Soldaten prägt, oder wie der Tod eines Angehörigen die Familie prägt. Ich war gezeichnet, aber auch zugleich reifer geworden. Ich akzeptierte mein Schicksal, zugleich aber auch mit dem Wissen, dass es weitaus schlimmere Schicksale gibt.

Oft waren meine Gedanken bei Lev und seiner Familie.

Später in der Nacht saß ich am Computer und durchblätterte die Seite eines Finanzdienstleisters. Aus Neugierde und Spaß gab ich jene Wertpapierkennnummer in das Suchfeld ein, deren zu Grunde liegendes Derivat mich damals vor vier Jahren als Anfang Zwanzigjähriger dermaßen aus der Bahn geworfen hatte, dass ich beinahe daran krepierte.

Mittlerweile war die Nummer neu vergeben. Auf ein Konstrukt für fallende Kurse auf Palladium. Für mich, jedoch wird diese Nummer immer mit einem bestimmten Schein verknüpft bleiben. Dem Schein, der mein Leben und mich für immer verändert hat. DT1BX9.

Kapitel 1

»Ich habe es gewusst, dass aus dir nie etwas werden wird. Ich habe es schon damals kommen sehen.«

Ich schaute mein Gegenüber verdutzt an. »Wie bitte?«

»Deine ganze Einstellung zum Leben. Und deine Einstellung zur Arbeit. Ja, bei dir war das vorherzusehen. Und dann noch drei Jahre Gefängnis.«

»Ich war keine drei Jahre im Gefängnis! Und was heißt überhaupt, es war vorherzusehen, dass aus mir nichts werden würde? Was bedeutet es in Ihren Augen, überhaupt etwas zu werden oder es zu etwas zu bringen?«

Mein Gegenüber tat so, als hörte er mir nicht zu. Angestrengt starrte er auf sein iPhone und tippte geschäftig auf dem Display herum. »Drei lange Jahre im Gefängnis«, sagte er nun, griff nach seinem Kaffee, der vor ihm auf dem Tisch stand und blies den Dampf von der heißen Tasse. Er hatte dabei einen eigenartigen Gesichtsausdruck, sodass man sein schiefes, ungepflegtes und gelbes Gebiss sehen konnte. Schlürfend nahm er einen Schluck und lehnte sich dann überheblich in seinen Clubsessel zurück. Das Leder knirschte.

»Ja, ja, so ist das mit euch jungen Leuten.«

Ich konnte Herrn Sperling noch nie leiden. Schon damals in der Schule nicht. Herr Sperling war ein Lehrer von mir gewesen. Deutsch und Religion. Es war Zufall, dass ich ihn heute hier im Café getroffen hatte. Herrn Sperling nahm ich immer als einen sehr unangenehmen Menschen wahr. Ein Mensch, der nur seine eigene Meinung vertrat und nichts anderes akzeptierte. Er hatte keine Idee von den wirklichen Problemen im Leben und interessierte sich auch nicht sonderlich dafür. Trotzdem bezeichnete er sich großspurig als allwissenden Pädagogen.

Ich hielt absolut nichts von ihm und ließ ihn das nun, fast zehn Jahre nach Ende der Schulzeit, auch spüren. Herr Sperling behandelte seine Schüler nie gerecht. Er hatte schon damals, während meiner Schulzeit, enorme Unterschiede bei seinen Schülern gemacht und grenzte zwei gewisse Typen voneinander ab.

Die einen, deren Eltern selbst Akademiker waren und eine gehobene Stellung in der Gesellschaft einnahmen und die es den Rest der Gesellschaft auch wissen ließen, sei es durch Auto, Immobilie oder Beruf, und dann die anderen, die angeblich niemals studieren würden und eine normale Angestelltentätigkeit oder irgendeinem Verwaltungsberuf nachgehen würden. Wenn überhaupt.

Es war seine Voreingenommenheit. Herr Sperling sah sich selbst zu Besserem berufen und hielt sich auch selbst für etwas Besseres. Ich konnte mich noch genau daran erinnern, wie Anfang bis Mitte der 2000er Jahre immer mehr Schüler einen Heimcomputer im Kinderzimmer stehen hatten. Es war die Zeit, als Google, Wikipedia und YouTube aus dem Boden schossen und ans Netz gingen und so von mehr und mehr Schülern genutzt werden konnten.

Es waren aber auch viele Schüler unter uns, deren Eltern sich einen Computer mit erstem Internetanschluss einfach noch nicht leisten konnten oder dessen Notwendigkeit nicht erkannten. Ganz davon zu schweigen, dass der Unterricht in der Schule überhaupt digital verlief. Selbstverständlich, wir hatten einen EDV-Raum mit Rechnern zur Verfügung, das war aber auch alles. Alles andere blieb analog.

Es war schließlich Herr Sperling, der viele Schüler offen anprangerte und zu Menschen zweiter Klasse degradierte, weil sie keinen eigenen Rechner zum Arbeiten hatten, oder welche Art von Eltern sie nur haben konnten, die ihren Kindern keinen eigenen Rechner kaufen würden. Er warf mit Fachausdrücken um sich, die womöglich nur Programmierer benutzt hätten und versuchte, wo es nur ging, seine Mitmenschen und auch Lehrerkollegen mit seiner Überheblichkeit zu degradieren. Wahrscheinlich hatte er selbst gar keine wirkliche Ahnung davon. Ein Wunder, dass ein Mensch wie Herr Sperling überhaupt Pädagoge geworden war.

Im Gegenzug bestrafte er aber auch alle Schüler, die zu den Sperrzeiten in den EDV-Räumen tätig waren oder die mit Handys im Flur des Schulgebäudes erwischt worden waren. Er versuchte die zunehmende Digitalisierung als ein Privileg darzustellen. Ein Privileg, welches er ganz bewusst nur wenigen ausgewählten Schülern zusprechen würde.

Ein Glück, dass sich die Zeiten geändert hatten und uns die Digitalisierung förmlich überrannt hat. Heute besitzt jeder Idiot ein Smartphone oder einen Rechner mit Internetanschluss.

»Sie sollten sich etwas schämen, Herr Sperling.« Jetzt war er es, der mich überrumpelt ansah.

»Sie können froh sein, die Möglichkeit erhalten zu haben, mit solchen Privilegien aufgewachsen zu sein und damit arbeiten zu können. Deshalb können Sie diese aber noch lange nicht als selbstverständlich hinnehmen. Seien Sie froh, in einem Land leben zu können, in dem seit 70 Jahren Friede herrscht. Schauen Sie auf andere Gebiete dieser

Erde, dann sollten Sie ihre jetzige Lebenseinstellung nochmals gewaltig ändern und hinterfragen. Denken Sie mal darüber nach! Oder müssen Sie dazu wohl auch zuerst Ihr iPhone nach einer Meinung fragen?«

Ich ließ Herr Sperling nicht zu Wort kommen, sondern griff ihn weiterhin an: »Und hören Sie auf, andere Menschen zu verurteilen oder zu degradieren. Aus Ihrer Situation kann man das leicht tun, denn Sie kennen nichts anderes. Sie können leicht über andere urteilen. Wie bereits erwähnt, wir leben in Deutschland seit 70 Jahren ohne Krieg. Und zudem im Überfluss. Es sei uns allen, wir hoffen es inständig, auch weiterhin gegönnt. Aber legen Sie gerade deshalb Ihre Überheblichkeit ab! Legen Sie Ihr iPhone und MacBook beiseite und schauen sich die Sorgen der Menschen da draußen an. Der Wohlstand erreicht längst nicht alle. Sie müssen überhaupt nicht weit gehen. Anstatt Religionslehrer hätten Sie wohl besser Apple-Jünger werden sollen.«

Herr Sperling schnitt nun mir das Wort ab. »Also, solche Unterstellungen muss ich mir von dir nicht sagen lassen, Paul! Das ist doch eine Unverschämtheit ohnegleichen! Das muss ich mir als Oberstudienrat von niemandem sagen lassen. Und schon gar nicht von einem, der drei Jahre im Gefängnis gesessen hat.«

Herr Sperling bekam einen roten Kopf, als würde er gleich explodieren. Seine ekelhaften gelben Zähne blitzten aus seinem Mund. Er trank eilig seinen Kaffee zu Ende und packte seine Utensilien nebst Notebook und iPhone zusammen. Ich grinste ihn dabei ununterbrochen an.

»Das ist nun mal die Wahrheit. Sie und wir alle können uns nicht ewig davor verstecken. Da draußen sind die Probleme und Sorgen. Da draußen dreht sich die Welt. Nicht hier, bei Kaffee und kostenfreiem W-LAN zu diskutieren, welche Personengruppe sich etwas leisten kann und welche nicht.«

»Ich lasse mir das von dir nicht sagen, Paul! Nicht von jemandem wie dir!« Ich grinste ihn weiterhin provozierend an.

»Ihr großes Vorbild und Prophet, Herr Sperling, Steve Jobs, hat einmal gesagt: ›Die Menschen wüssten überhaupt nicht, was sie brauchen, bis wir es ihnen zeigen.‹«

»Ja und? Das hat er doch auch.«

»Merken Sie denn überhaupt nicht, dass Sie mit solchen selbstherrlichen Aussagen Ihre Mitmenschen automatisch als weniger intelligent und als dumm degradieren? Die Elite ist der angebliche Entscheider, der den anderen zeigt, was sie angeblich brauchen und was nicht. Und das einfache Volk nimmt es einfach hin, was? Und wer legt denn einfach über die Köpfe der anderen hinweg fest, dass der Mensch unbedingt ein iPhone braucht? Es gibt wichtigeres auf der Welt als diesen Luxus.«

Herr Sperling schüttelte nur den Kopf und machte sich auf, das Café zu verlassen.

»Ich werde mit dir ganz bestimmt nicht diskutieren, Paul. Du gehörst dieser Elite nicht an!«, blaffte er mich erregt an.

»Sie sollten sich einmal selbst reden hören, Herr Sperling. Und so etwas wie Sie nennt sich Gymnasiallehrer oder Oberstudienrat. Sie legen eine elitäre Arroganz an den Tag, die nicht auszuhalten ist!«

Ich rief ihm noch weitere Worte hinterher. Doch da er hatte das Café bereits verlassen. Ich grinste zufrieden und lehnte mich in meinem Clubsessel. Eigentlich hätte man es ihm schon viel früher sagen müssen. Aber diese angeblichen Apple-Jünger lassen sich ja auf keinerlei Diskussion und Kritik in Bezug auf ihre Ideologie ein.

»Ist bei Ihnen alles in Ordnung? Warum schreien Sie sich denn gegenseitig so an?« Neben mir stand eine hübsche Bedienung mit einem Tablett in der Hand und schaute mich vorwurfsvoll an.

»Nein, vielen Dank. Es ist alles in Ordnung. Aber ich möchte dann gerne zahlen.« Ich lächelte sie an. Die Bedienung gab mir nur einen versteinerten Blick zurück.

»Und nebenbei, es waren keine drei Jahre Gefängnis. Es waren ein Jahr, sieben Monate und einundzwanzig Tage.«

Das Jahr 2015 war noch jungfräulich und hatte eben erst begonnen. Auf den Straßen Heidelbergs beseitigte die Stadt die letzten Überreste der Silvesterfeierlichkeiten. Müllwägen sammelten Sektflaschen und Bierkästen ein, die als Abschussvorrichtung für Raketen missbraucht worden waren. Hier und da kehrte man Müllberge von zerfetzten Feuerwerkskörpern und Batterien zusammen.

Ich zog mir den Mantel fester zusammen und lief am Neckarufer entlang, von der Theodor-Heuss-Brücke bis hinab zur Neckar-Brücke. Es war bitterkalt. Es hatte zwar nicht geschneit, aber über den Dächern von ganz Heidelberg lag eine frostige dünne Eisschicht. Bei jedem Atemzug drang eine weiße Dampfwolke aus den Mündern der Passanten.

Ich wandte meinen Blick hinter mich und schaute auf den Eingang des Neckartals. Die Spitzen des Heiligenberges auf der linken Seite und die des Königstuhls auf der rechten waren mit Schnee überdeckt. Der Himmel zeigte sich grau. Der Blick in die Ferne war durch den Nebel stark getrübt.

Auch ich selbst blickte in ein ungewisses neues Jahr und auf eine ungewisse Zukunft. Ende letzten Jahres hatte ich meinen Arbeitsplatz verloren. Das Unternehmen hatte diesen aus Kostengründen wegrationalisiert. Auch meine Wohnung wurde in der Miete so teuer, dass sie für mich nicht mehr tragbar war und ich ausziehen musste.

Seither wurde mein Lebensunterhalt durch Gelegenheitsjobs finanziert. Ich war darum bemüht, eine neue Anstellung zu finden und klapperte alle Orte in Heidelberg und der Umgebung ab, um eine passende und unkomplizierte Arbeit zu finden. Unkompliziert musste sie in dem Sinne sein, da es für mich als Vorbestraften generell nicht einfach war, eine feste Anstellung zu finden. Denn mit einem negativen polizeilichen Führungszeugnis und einer abgesessenen Freiheitsstrafe wegen Urkundenfälschung und Veruntreuung war man nicht unbedingt von der Sorte Arbeitnehmer, die händeringend gesucht wurde. Es war schon merkwürdig, einerseits unwirklich, andererseits aber auch einfach nur gerecht.

Vor fünf Jahren war ich noch im Besitz einer Eigentumswohnung gewesen und ich hatte so viel Geld zur Verfügung, dass ich mit fünfstelligen Summen am Aktienmarkt spekulieren konnte. Heute reichte mein Erspartes noch nicht einmal mehr für eine Monatsmiete.

Letzten Endes waren es wirklich gute Freunde, die mich vor einem weiteren Abstieg bewahrt hatten. So bekam ich von ihnen, ohne eine Gegenleistung, zwei kleine Dachzimmer am so ziemlich westlichsten Ende von Heidelberg als Unterkunft zur Verfügung gestellt. Dort, wo die Autobahn 656 von Mannheim nach Heidelberg hereinführt.

Die Dachzimmer waren nicht besonders wohnlich und

hübsch, sondern dienten zuvor als Abstellraum und waren zudem heruntergekommen und zugig. Aber es war eine Wohnung und ich war froh darüber. Meine Freunde Steffen und Isabel, denen das Haus gehörte, bewohnten die Stockwerke darunter.

Mittlerweile hatte ich die Treppen zum alten Wehrsteg passiert. Neben mir erstreckte sich der Neckar in seiner naturbelassenen Form. Flaches Wasser, umgeben von bewachsenen Inseln und Sandbänken. Die winterliche Idylle zeigte ihre ganze Pracht. Die Fahrrinne für die Binnenschifffahrt befand sich auf Neuenheimer Seite. Ich blieb ein wenig stehen und sah ein paar Wasservögeln zu. Dann ging ich weiter.

In Heidelberg, so kam es mir immer vor, konnte man den Unterschied zwischen Arm und Reich sehr deutlich erkennen. Generell ist Deutschland ein sehr ungleiches Land, aber gerade hier in Heidelberg konnte man die Unterschiede der Gesellschaftsschichten gut vergleichen.

Die Universitätsstadt präsentierte sich stets privilegiert und mit Sonderstatus. Während die einen am Philosophenweg, mit Blick auf Neckar, Altstadt und Schloss, in Millionenanwesen wohnten, zudem im Schnitt zwei bis drei Autos pro Haushalt ihr eigen nannten, war es den anderen Monat für Monat ein Kampf, die Mieten im Stadtgebiet zu bezahlen. Über fünfzig Prozent des Nettoeinkommens wurden hier von vielen für die Miete aufgewendet. Denn der Wohnraum in Heidelberg war knapp und Angebot gab es so gut wie keines. Dabei hatte das angeblich doch so gehobene Heidelberg an Verkehrsanbindung, Radwegen und Parks reichlich wenig zu bieten. Wer mit dem Auto zu

Verkehrsspitzenzeiten in die Stadt musste, der konnte mir nur leidtun. Ebenso die zahlreichen Studenten, die sich mangels Radwegen zwischen den Blechlawinen hindurchschlängeln mussten.

Eigentlich war es eine Schande. Die gehobene Klasse dieser Gesellschaft kaufte den Wohnraum auf, da sie sonst nicht wusste, was sie mit ihrem Geld anstellen sollte. War der Wohnraum dann aufgekauft, wurden die Wohnungen mit möglichst viel Gewinn neu vermietet. Notfalls wurden die Wohnungen einfach leer stehen gelassen und darauf gewartet, bis sich irgendein Idiot fand, der die gewünschte Miete bezahlte oder bezahlen musste. Hauptsache war aber, dass man sie zunächst einmal in seinen Besitz gebracht hatte.

Durch die Spekulationen auf den Wohnraum wurden die Preise künstlich erhöht und das Wohnungsangebot verknappt. Heidelberg und viele andere deutsche Städte waren dadurch überteuert und für einen Großteil der Bevölkerung nicht mehr zu finanzieren. Zugegeben, in Deutschland herrscht das Gesetz der freien Marktwirtschaft. Es richtet sich nach Angebot und Nachfrage. Und derjenige, der das Geld hat, hat selbstverständlich das Recht Wohnungen zu kaufen. Aber ist es ab einem gewissen Punkt nicht auch eine Frage der Ethik? Genauso wie niemand auf Trinkwasser, Lebensmittel und Arzneimittel spekulieren sollte, sollte doch auch niemand auf Wohnraum spekulieren. Denn am Ende trifft es doch den Menschen selbst. Trinkwasser, Lebensmittel, Arzneimittel und Wohnraum sind und bleiben Grundbedürfnisse eines jeden.

Aber ich konnte es schließlich ja auch niemandem verübeln, geschweige denn Kritik üben. Denn dachte ich an mich selbst zurück, so hätte ich vor fünf Jahren bestimmt ebenso gehandelt. Damals, als ich noch das Geld dazu hatte. Jetzt hatte ich es nicht mehr und stand nun auf der Seite derer, die von den oberen zehn Prozent täglich auf ein Neues überrundet wurden. Die Schere zwischen Arm und Reich öffnet sich täglich weiter. Deutschland wird auch weiterhin ein Land der Ungleichheit bleiben.

An meiner neuen Wohnung war ich nun endlich, völlig durchfroren, angekommen. Ich klopfte meine Schuhe ab und ging das Treppenhaus nach oben, wo ich mich auf das warme Wohnzimmer freute. Nachdem ich Mantel und Schuhe ausgezogen hatte, setzte ich in der Küche Wasser für einen Kaffee auf. Während das kochende Wasser durch den Filter gluckerte, durchstöberte ich am Esstisch die Neuigkeiten und Nachrichten auf meinem Laptop.

Lev hatte mir zwei neue Nachrichten geschickt. Wir hatten gerade erst am Abend zuvor miteinander geschrieben.

Nachdenklich betrachtete ich die Betreffs der beiden neuen Mitteilungen. Ich ließ meinen Blick über den Bildschirm hinweg an die Zimmerwand dahinter gleiten. Dort waren in unterschiedlichen Größen gerahmte Fotos aufgehängt. Relativ zentral in der Mitte der Wand war ein Bild von Lev und mir zu sehen. Es zeige uns beide lachend vor der Datsche von Levs Onkel in Ostpolen stehen. Das Foto war im Sommer 2011 aufgenommen worden.

Ich blickte gebannt und lächelnd darauf. Wie schön und zugleich auch schrecklich war die Zeit doch damals für mich gewesen. Irgendwie vermisste ich sie aber auch ein wenig.

Seither hatte sich viel verändert. Ich war nach Deutschland zurückgekehrt und hatte im Gefängnis meine Strafe abgesessen. Nach meiner Haftzeit hatte Lev in Donezk zusehen müssen, wie der Osten des Landes in den Ukrainekrieg gezogen worden war. Ich tat es hier in Deutschland über die Nachrichten. So hatte jeder von uns mit seinen eigenen Problemen zu kämpfen.

Für Lev brach durch den Krieg allerdings die Hölle herein. Es war mit meinen Problemen der Arbeitslosigkeit und Wohnungssuche nicht zu vergleichen. So oft es ging versuchten wir Kontakt zu halten und miteinander zu schreiben. Es war eine ganz eigene Welt für uns beide, in der Lev einfach nur versuchte zu überleben. Die Ignoranz der westlichen Gesellschaft über einen Konflikt vor der eigenen Haustüre, in einem Nachbarland zur Europäischen Union, machte uns beide wütend.

Auch in dieser Hinsicht ging die Schere zwischen Wohlstand und der Zerstörung von menschlichen Existenzen in anderen Ländern immer weiter auseinander.

Kapitel 2

Lev schrieb mir seit Ausbruch des Konfliktes regelmäßig Nachrichten über die aktuelle Situation in Donezk und wie es ihm erging. Wir schrieben miteinander, so oft es möglich war. In letzter Zeit, und gerade über den Jahreswechsel hin, mussten sich die Situation und der Konflikt dort aber so heftig zugespitzt haben, dass er es gar nicht mehr geschafft hatte, regelmäßig zu schreiben.

Seit dem Spätjahr 2014 entwickelte sich eine zweite große Auseinandersetzung um den Flughafen in Donezk. Obwohl zuvor mehrmals Hoffnung auf einen Waffenstillstand aufgekommen war, ging der Krieg unvermindert weiter. Er ging weiter in einer solchen Intensität, dass der Flughafen und viele Ortschaften in direkter Nähe zur Kontaktlinie durch Panzer und schweren Artilleriebeschuss zerstört worden waren. Selbst Gebäude in der Innenstadt von Donezk blieben davon nicht verschont.

Lev fand sich selbst in der Hölle wieder. Es waren für ihn Monate ohne Hoffnung und in ständiger Angst. Es waren Monate des totalen Wahnsinns. Am unglaublichsten war für mich aber, dass ich noch vor genau einem Jahr dort gewesen war. In Donezk bei Levs Familie. Heute war es fast unvorstellbar, angesichts der Bilder, die er mir schickte.

Im Januar 2014 hatte ich Lev und seine Familie in Spartak, einem kleinen Vorort von Donezk, besucht. Niemand von uns konnte ahnen, was nur ein paar Monate später hier passieren würde. Seither hatte sich vieles verändert.

Zunächst waren es die Nachrichten über die Annexion der Krim, durch deren Folge auf mich erstmals bewusst die Worte »bewaffneter Konflikt« und »Ukrainekrieg« einwirkten. Danach schließlich, dass sich die Oblasten Luhansk und Donezk als eigenständige Volksrepubliken proklamierten.

Die Ereignisse waren alleine deshalb so brisant für mich, weil Lev diese hautnah miterleben musste. Er war dabei, als Regierungsgebäude und andere öffentliche Anstalten besetzt worden waren. Auch wenn die Situation unüberschaubar war und sich täglich überschlug, hatten Lev und seine Familie bis dahin noch keine wirklichen Bedenken oder gar ernste Existenzängste gehabt. Der Konflikt drohte dennoch langsam aber sicher zu eskalieren.

Als Ende Mai, kurz nach den ukrainischen Präsidentschaftswahlen, der Sergei-Prokofjew-Flughafen schließlich geschlossen und besetzt worden war, erkannten auch die letzten aus Levs Freundeskreis, wie ernst und gefährlich die Lage inzwischen geworden war. Es entwickelten sich in und um die Stadt heftige Auseinandersetzungen.

Im Laufe des Jahres 2014 wurde der Vorort Spartak, in welchem Lev wohnte, und der sich zudem in nächster Nähe zum Flughafen befand, zerstört. Auch das Haus seiner Familie blieb nicht davon verschont. In wenigen Wochen hatten sie ihre gesamte Existenz und all das, was sie sich bisher aufgebaut hatten, verloren.

Levs Eltern und seine Schwester Emilia flüchteten schließlich aus Donezk und zogen zu ihren nächsten Verwandten nach Kiew. Lev hingegen blieb in der Stadt und zog in eine kleine Wohnung oberhalb seiner Autowerkstatt, die sich im Donezker Ortsteil Leninsky befand. Die Werkstatt selbst, die er zusammen mit seinem Bruder geführt hatte, wurde letztendlich von ihnen aufgegeben und geschlossen. Levs Bruder zog es derweil nach Mariupol.

Es war eine schwierige Zeit für Lev. Nicht nur, dass er alles verloren hatte, was er sich ein Leben lang aufgebaut hatte. Es war auch die Tatsache, dass es seine Familie zerrissen hatte. Lev brachte es trotz allem nicht übers Herz, die Stadt zu verlassen. Donezk war seine Heimatstadt. Er hatte zu viele Erinnerungen an diese Stadt, um sie nun einfach hinter sich zu lassen.

Aus der Millionenstadt Donezk und ihren Vororten flüchteten letztendlich über einhunderttausend Zivilisten. Die Stadt veränderte ihr Gesicht. Viele Geschäfte und Läden hatten geschlossen. Die Straßen glichen denen einer Geisterstadt. Auch die Versorgung mit Lebensmitteln und Trinkwasser stellte für viele Menschen, die geblieben waren, nun ein Problem dar. Vor allem die Alten und Kranken, die die Stadt sowieso nicht mehr verlassen konnten, waren nun auf fremde Hilfe von außerhalb angewiesen. Letztendlich waren es die Verwandten und Freunde, die Hilfspakete in die Stadt schickten. Hatte man keine Beziehungen oder Bekannte außerhalb, so sah es schlecht für einen aus.

Lev hingegen fand immer einen Weg, wie er an das Nötigste kommen konnte. So erzählte er es mir zumindest immer. Er hatte ein paar gute Freunde vor Ort, die sich ebenfalls dazu entschlossen hatten, die Stadt nicht zu verlassen. Gemeinsam schlugen sie sich so durch den Alltag in der vom Krieg gezeichneten Stadt. Es war ein Alltag ohne geregelte Zeiten, ohne geregelte Arbeit und ohne eine bessere Perspektive.

Ich sprach Lev stets meinen vollen Respekt über diesen eisernen Willen aus und bot ihm selbstverständlich Hilfe an, sofern das hier von Deutschland aus überhaupt möglich war. Außer ihm Geld zu schicken konnte ich allerdings nicht viel tun. Und Geld wollte er nicht. Damit könne er dort sowieso nichts anfangen. Für Lev war es Hilfe und Ablenkung genug, wenn wir regelmäßig miteinander schreiben konnten. Und so versprachen wir uns es auch gegenseitig.

Die nächste große Schlagzeile, die über die Fernsehschirme in Europa flimmerte, war der Abschuss des Passagierflugzeuges MH-17, der sich ganz im Osten der Ukraine nahe der Stadt Tores ereignet hatte. Spätestens durch diesen Zwischenfall waren immer mehr Augen auf den Konflikt gerichtet. Denn nun war auch Europa betroffen. Jetzt schien es, war auch die Sicherheit der Staatsbürger aus anderen Ländern nicht mehr garantiert, sofern deren Linienflug über das Kriegsgebiet führte.

Es war schon zynisch, die Stimmen der Menschen aus der Mitte der Gesellschaft zu hören. Bis dahin interessierte es die Menschen im Westen kein bisschen, dass es im Osten der Ukraine einen Krieg gab. Doch kaum konnte man nicht mehr beruhigt und sorglos in den Urlaub nach Thailand fliegen, war die Aufregung groß. Nun war der Krieg auch für einen kurzen Moment im Westen angekommen. Es war schlimm genug, dass für diese Erkenntnis überhaupt Menschen ihr Leben verloren hatten.

Lev hatte mir über den seit inzwischen Monate andauernden Konflikt schon lange vor diesem Vorfall berichtet. Er schickte mir Bilder und Videos von zerstörten Häusern und ausgebrannten Autos. Er schickte mir Bilder vom Leid der Bevölkerung und vom Leid seiner selbst. Er schickte mir auch Berichte über die ersten Todesopfer aus seinem Bekanntenkreis. Es war schrecklich, einfach nur dazusitzen und zuzusehen. Es war ein Gefühl der Machtlosigkeit, aber auch ein Gefühl der Wut, nichts dagegen ausrichten zu können.

So gingen der Konflikt und die Zerstörung letztendlich weiter. Es schien, als hätte man sich damit arrangiert, dass es im Donbass einen Krieg gab.

Mittlerweile war es Januar 2015. Levs Berichterstattungen und Aussagen gaben mir zunehmend zu denken. Denn es waren nicht die Art von harmlosen Bildern und Berichten, die es in der Tagesschau zu sehen gab. Außerdem machte Lev mittlerweile einen sehr labilen Eindruck. Er schien, als wäre er kurz davor durchzudrehen. Die erneuten schweren Kämpfe zeichneten ihn und hatten ihn beinahe um den Verstand gebracht. Die Tatsache, dass mit einem Mal alles weg und anders sein kann, nagte an ihm. Er war mittlerweile an einem Punkt angelangt, an dem er Donezk ebenfalls vorübergehend verlassen wollte. Zumindest so lange, bis etwas Ruhe eingekehrt war.

Doch zu seinem Bruder nach Mariupol wollte er keinesfalls gehen. Dort war die Situation ähnlich bescheiden. In Kiew bei seiner Schwester und den Eltern wollte er sich auch nicht blicken lassen. In der Enge und der kleinbürgerlichen Atmosphäre würde er erst recht verrückt werden. Außerdem käme es ihm so vor, als renne er vor seiner Verantwortung davon und würde sich vor ihr verstecken.

Lev wollte nichts weiter als eine kurze Auszeit von allem. Zeit, um wieder zu sich zu kommen und sich zu erholen. Und vor allem brauchte er Zeit, um von den enormen Problemen und Erlebnissen Abstand zu bekommen. Abstand und Ablenkung.

In der Ukraine wäre das nicht möglich. Alles dort erinnerte ihn an den Konflikt und an seine verlorene Heimat. Die Situation war schwierig.

Ich schrieb mit Lev über unsere alten Zeiten in Ostpolen und machte den Vorschlag, warum er nicht für ein paar Wochen zu seinem Onkel in die alte Datsche fahren würde. Die Zeit in der Natur würde ihm sicher guttun und er würde in erster Linie viel Ruhe haben.

Lev hingegen hielt die Idee für unpassend. Ruhe wäre in dieser Situation ebenso falsch und unerträglich für ihn. Auch in der Ruhe würde er verrückt werden, wenn er keine Menschenseele zum Erzählen hätte. Was er brauche, seien Abstand und Ablenkung. Aber keine Ruhe. Wenn er beispielsweise alleine daheim war, drehte er den Fernsteher so laut auf, dass man ihn bis hinunter auf die Straße hören konnte. So sehr mied er die Ruhe. Er wirkte von Tag zu Tag verzweifelter.

Letzten Endes machte ich ihm den Vorschlag, einmal nach Deutschland zu Besuch zu kommen. Er könne dann auch einmal sehen, wie das Leben hier in Heidelberg so wäre. So, wie er mir vor einem Jahr noch sein »altes« Donezk gezeigt hatte. In Heidelberg hätte er zudem genügend Abstand und Ablenkung vom Konflikt daheim.

Lev freute sich über meinen Vorschlag und die Einladung, reagierte dennoch verhalten. Er würde den Besuch zu einem späteren Zeitpunkt gerne in Angriff nehmen. Warum er so distanziert reagierte, bei all den großen Problemen in Donezk, konnte ich bis heute nicht nachvollziehen. Zunächst, so erklärte er, wenn das Leben in Donezk auch noch so schwer für ihn war, konnte er die Stadt nicht einfach so verlassen. Auch wenn er es sich innerlich nur zu sehr wünschte. Er würde damit seine letzten Freunde, die sich dort ebenfalls über Wasser hielten, im Stich lassen. Er konnte deshalb nicht einfach von dort verschwinden, um Abstand von dem allen zu bekommen, wie ich es immer bezeichnete. Ich akzeptierte Levs Entscheidung. Trotzdem hielten wir an der Idee fest.

Isabel und Steffen erzählte ich von meinem Vorschlag und meiner Einladung. Beiden hatte ich die gesamte Zeit über vom Konflikt und über Lev berichtet. Sie waren stets auf dem Laufenden darüber, dass ich einen guten Freund mitten im Kriegsgebiet in Donezk hatte, und beide erkundigten sich regelmäßig über Levs Wohlergehen und ob es Neuigkeiten über den Konflikt vor Ort gab.

Isabel und Steffen hatten überhaupt nichts gegen meinen Vorschlag, Lev eine Zeit lang nach Heidelberg kommen zu lassen und bei uns unterzubringen. Sie boten jede Art von Unterstützung an und waren sogar bereit dazu, Lev vom Flughafen abzuholen, sollte er wirklich einmal die Absicht haben, Deutschland und Heidelberg zu besuchen. Vorerst ging aber alles wie gewohnt weiter.

Während der Januar in Heidelberg zu Ende ging, hatte ich endlich wieder eine kleine Beschäftigung gefunden, um an etwas Geld zu kommen. Eine gute Freundin von Isabel, die sie noch aus Studienzeiten kannte, hatte in Neuenheim einen winzigen Laden, in welchem man allerlei Naturprodukte kaufen konnte. Die Auswahl reichte von Lebensmitteln bis hin zu Naturbekleidung und einzelnen Möbelstücken. Dass die Kundschaft dort und selbstverständlich auch Isabels Freundin politisch und gesellschaftlich sehr links angehaucht war, passte mir eigentlich überhaupt nicht. Wenn ich mit einem Schlag von Menschen nicht zurechtkommen konnte, dann waren es die Gutmenschen und militanten Umwelt- und Tierschützer, die alles Staatliche und Geordnete ablehnten.

Da ich das Geld, das ich dort nun verdiente, aber gut gebrauchen konnte, arrangierte ich mich damit. Zudem arbeitete ich nicht regelmäßig dort, sondern nur dann, wenn das Geld zur Neige ging und ich welches brauchte. Meine Aufgabe war es, die »Bio«-Teigwaren aus eigener Herstellung anzufertigen und das eine oder andere Möbelstück herzurichten. Es war eine angenehme und ruhige Arbeit.

Die restliche Zeit im Laden beschäftigte ich mich viel mehr mit der Situation in der Ostukraine. Ich las viel über die Politik und die Mentalität dort und versuchte sie vor allem auch zu verstehen, was aber aus unserer westlichen Sichtweise und unseren westlichen Wertevorstellungen nicht immer ganz einfach war.

Den Krieg und alles Militärische kategorisch abzulehnen und zu kritisieren, wie es meine linken Freunde taten, war für Lev keine gute Lösung. Dafür ist die Gesellschaft in der Donbassregion und den benachbarten Ländern einfach viel zu unterschiedlich. Wenn man sich nicht mit der Geschichte und der Politik der jeweiligen Länder befasst, ist das nur schwer zu verstehen. Und genau hier liegt das Problem der vielen pöbelnden und demonstrierenden Pazifisten.

»In einen Konflikt sollte man hier zunächst immer neutral schauen und nicht voreilig Partei ergreifen. Wenn überhaupt«, so hatte es mir Lev immer erklärt. Ich fand es jedenfalls immer beeindruckend, dass Lev die politischen Anliegen der Konfliktparteien nie angesprochen hatte oder sie überhaupt in Frage stellte, obwohl er davon direkt betroffen war.

»Die Ukraine, Russland und die neuen Volksrepubliken werden alle ihre Gründe und ihre Überlegungen haben, warum sie in diesen Konflikt eingreifen. Aber das interessiert mich alles eigentlich gar nicht. Die Politik dort interessiert mich im Gesamten nicht. Mich interessiert nur, dass der Krieg bald wieder vorbei ist. Stell dir doch mal vor, Paul, wenn es keine Grenzen, keine politischen Ideologien, keine Religion und keine Gesellschaftsschichten gäbe? Ich frage mich, ob es dann überhaupt noch Krieg gäbe. Das ist doch das, was wir eigentlich alle möchten. Ob dann die Ukraine, Russland, die EU oder alle zusammen das staatliche Organ bilden, ist uns einfachen Leuten doch egal.«

Ich hingegen, so blickte ich auf unsere eigene bewegte deutsche Geschichte, war froh, dass wir heute in einem Land ohne feste Grenzen und vor allem ohne Krieg leben konnten. Sehe ich die Bilder von der friedlichen Revolution und dem Mauerfall 1989, so sind diese Bilder der Inbegriff für eine friedliche Zukunft in Europa. Es ist doch das, was die Menschen wollen und was sie ausmacht.

Anfang Februar wurde mit dem Minsker Abkommen schließlich eine Deeskalation für die Gebiete in der Ostukraine vereinbart. Französische, ukrainische, russische und deutsche Politiker schüttelten sich gegenseitig die Hände und man verständigte sich auf den Abzug von schwerer Artillerie und Panzern sowie auf eine Feuerpause.

Letztere hielt nicht lange an. Lev berichtete mir, dass die

Auseinandersetzungen im Stadtgebiet von Donezk seit dem Abkommen zwar nicht mehr so heftig waren wie früher, die Kämpfe und Auseinandersetzungen an der Kontaktlinie hingegen aber unvermindert weitergingen. Die schlimmsten Tage in Donezk, so Lev, hätte er aber hinter sich. Endlich.

In den kommenden Monaten fuhren sich die Situation und der Krieg letztendlich fest. Trotz oder gerade wegen des Minsker Abkommens. »Zwar sind die schlimmsten Beschüsse und Zerstörungen in der Stadt nun tatsächlich vorbei. Der Kriegsalltag für uns aber geht weiter«, erzählte Lev. »Immerhin trauen sich so die Menschen tagsüber wieder auf die Straßen und es kehrt etwas mehr Leben in der Stadt ein. Wie es nun für alle und auch für mich weitergehen soll, müssen wir nun abwarten. Wir können alle nicht mehr als abwarten und hoffen. Hoffen, dass es von nun an wieder besser wird. Das wichtigste ist aber, dass wir nicht die Hoffnung verlieren und weiter nach vorne schauen.«

Kapitel 3

Ende April war es schließlich soweit, dass Lev für einige Zeit nach Heidelberg zu Besuch kommen wollte. Wir waren alle gespannt auf sein Kommen. Er kam unter der Woche mit dem Flug von Saporischschja in Frankfurt am Main an. Steffen hatte mir seinen Peugeot 605 geliehen, damit ich Lev vom Flughafen abholen konnte.

Wir freuten uns beide riesig, dass wir uns nach über einem Jahr wiedersehen konnten und gaben uns eine großzügige Umarmung. Lev wusste zuerst überhaupt nicht, was er sagen sollte. Ich meinte einfach, er solle sich von allem überraschen lassen und mir anschließend erzählen, ob er sich Deutschland, insbesondere Heidelberg, so vorgestellt hatte, wie ich es ihm immer berichtet hatte.

Lev hatte lediglich eine kleine Sporttasche mit seinen Sachen dabei. So, wie ich es eigentlich auch früher schon immer von ihm gewohnt war. Wir hatten geplant, dass er für fast drei ganze Monate in Heidelberg bleiben konnte. Als EU-Ausländer war dieser Zeitrahmen gerade gestattet, ohne dass hierfür ein zusätzlicher Visaantrag nötig gewesen wäre.

Lev machte einen neugierigen und aufgeweckten Eindruck. Wir gingen nach der Ankunft rasch zum Auto und fuhren die A5 zurück nach Heidelberg. Er hatte sich trotzdem verändert, seitdem wir uns das letzte Mal in Donezk gesehen hatten. Mir fiel es sofort auf. Auch wenn er einen angeblich neugierigen Eindruck machte und die gesamte Fahrt über aufmerksam aus dem Fenster schaute und die Straßen und die Landschaft in Deutschland bewunderte, wirkte er verändert. Lev war blass geworden und hatte Augenringe. Er hatte inzwischen deutlich längere Haare und trug einen Bart. Seine beiden Hände versteckte er die meiste Zeit unter seiner Trainingsjacke. Gelang mir trotzdem ab und an ein Blick darauf, so konnte ich erkennen, dass Hände und Knöchel stark beansprucht und verletzt schienen. Sie waren rau, an manchen Stellen weiß vernarbt und ab und an zeigte sich eine noch nicht verheilte Wunde. Ebenso auf seinen Unterarmen.

»Ich hoffe, du freust dich auf Heidelberg. Wenn wir ankommen, stelle ich dir erst einmal Isabel und Steffen vor. Wie ich dir ja erzählt habe, wohne ich bei ihnen sozusagen zur Miete. Sie bereiten noch ein Essen für später vor. Ansonsten kannst du dich erst einmal so lange ausruhen, wie du willst. Die kommenden Tage kann ich dann anfangen, dir Heidelberg genauer zu zeigen.«

»Wunderbar, Paul. Ich freue mich wirklich, das kannst du mir glauben. Vielen Dank auch für alles. Vielen Dank, dass ich hier sein darf. Auf dem Flug hierher habe ich mir ein paar Bilder von Heidelberg im Internet angesehen. Ich möchte unbedingt einmal die Altstadt und das Schloss sehen. Es sieht einfach wundervoll aus.«

»Das wirst du mehr als einmal«, lachte ich ihm zu. »Wenn du in Heidelberg wohnst, kommst du gewissermaßen gar nicht darum herum.«

Lev lachte ebenfalls. »Hast du eine Zigarette, Paul?«

Ich schaute mich im Wagen und auf der Mittelkonsole um. »Nein, ich glaube nicht. Der Wagen gehört nicht mir. Ich selbst habe aufgehört zu rauchen.«

Lev warf mir einen ungläubigen Blick zu. »Du hast keine Zigaretten mehr da?«

»Ja, wirklich, Lev.«

An der nächsten Raststätte fuhren wir von der Autobahn ab und ich kaufe eine Packung Zigaretten. Ich hatte ewig nicht mehr geraucht. Wahrscheinlich das letzte Mal vor über einem Jahr, als ich bei Lev zu Besuch in Donezk gewesen war. Wir lehnten uns an den Peugeot 605 und steckten uns jeweils eine Zigarette an. Es war ein wunderschöner Tag und die Sonne strahlte.

»Ist alles okay, Lev? Du wirkst so nervös und unruhig.«

Ich beobachtete, dass Lev sich hektisch umsah und mit seinen Fingern an der Zigarette spielte.

»Ja, es ist alles gut«, lachte Lev etwas künstlich. »Es ist nur so ungewohnt hier. Die gepflegten sauberen Straßen. Die Ruhe und die Menschen hier auf dem Rastplatz. Alles wirkt so friedlich.«

Ich lachte ebenfalls und musste dann kräftig husten. Die Zigaretten war ich einfach nicht mehr gewohnt. »Ruhe? Du meinst wohl bis auf den Lärm auf der Autobahn hinter uns.«

»Ja klar, du weißt schon, was ich meine Paul.«

Mir verging das Lachen etwas. Mal sehen, in welchen Fettnapf ich noch so alles treten würde, solange Lev hier war. »Klar, entschuldige, Lev. So war das nicht gemeint. Ich meine nur, hier brauchst du vor nichts Angst zu haben oder dir um etwas Gedanken zu machen. Du bist im Urlaub hier.«

»Alles gut, Paul. Komm, lass uns weiterfahren. Ich bin schon ganz gespannt auf Heidelberg und deine Freunde.«

Wir setzten die Fahrt fort. Gegen Nachmittag kamen wir schließlich in Heidelberg an. Isabel und Steffen empfingen uns bereits am Gehweg. Auch sie waren auf Lev gespannt und begrüßten ihn herzlich. Wir stellten uns gegenseitig vor und gingen nach oben in Isabels und Steffens Wohnung, wo bereits das Essen auf uns wartete.

Lev kam nicht daran vorbei, uns Fragen zu beantworten, wie der Flug und die Fahrt hierher für ihn waren. Vor allem aber die Fragen, wie es in Donezk war. Der Abend ging schnell vorbei. Lev, der nun mächtig mitgenommen aussah, ging schließlich als erster nach oben in meine Wohnung, um sich hinzulegen.

»Wir sehen uns morgen wieder. Erhole dich gut.«

Wir wünschten ihm eine gute Nacht und blieben noch etwas, bei einem Glas Wein, am Esstisch zusammensitzen und erzählten.

»Lev spricht verdammt gutes Englisch«, lobte ihn Isabel. »Er ist generell ein sehr angenehmer Mensch.«

»Finde ich auch«, hakte Steffen ein. »Pass hier ja gut auf ihn auf, Paul. Und hilf ihm, damit er wieder auf die Beine kommt. Nach allem, was er uns heute erzählt hat, kann er etwas Ablenkung und eine neue Aufgabe gut gebrauchen. Nimm ihn doch mal mit zu dir auf die Arbeit in den Naturladen. Das gefällt ihm bestimmt.«

»Ja. Eines nach dem anderen. Lev ist noch lange genug hier. Wir lassen ihn erst einmal ankommen. Wir fangen langsam mit allem an. Wichtig ist wirklich, dass er wieder auf die Beine kommt. Er sieht ziemlich mitgenommen aus. Und dünn ist er auch geworden.«

Isabel schaute mich schockiert an. »Das wundert mich nicht. Der Arme. Er muss Schreckliches erlebt haben. Hast du seine Hände und Arme gesehen?« Isabel trank ihr Weinglas leer und stellte es auf den Esstisch.

»Er kann einem wirklich leidtun. Aber wohin mit denen, die den Krieg erlebt haben? Ich denke, Lev zu uns einzuladen, ist genau die richtige Entscheidung gewesen. Darüber zu reden ist die richtige Entscheidung gewesen.«

Ich trank mein Weinglas ebenfalls leer. »Na klar ist es die

richtige Entscheidung gewesen. Lev hat mir damals auch geholfen, als er mich von Krakau bis ganz nach Ostpolen mitgenommen hat. Seither sind wir beste Freunde geworden. Sogar, als ich ins Gefängnis gehen musste, hat er den Kontakt zu mir nicht abgebrochen und weiter an mich geglaubt. Nach der Haft hat er mich sogar nach Donezk zu seiner Familie eingeladen. Wie kann ich ihn nach alldem jetzt im Stich lassen? Es ist schon richtig so. Und zur Last fällt er uns hier ja auch nicht.«

Isabel klopfte mir auf die Schulter. »Das bekommen wir schon hin, Paul. Lev wird sich hier bestimmt wohlfühlen.«

Am nächsten Morgen wachte ich auf der Couch in meiner Wohnung auf. Lev hatte für die erste Nacht mein Bett genommen. Er schlief noch immer tief und fest.

Ich machte Frühstück und richtete ihm anschließend auf der Wohnzimmercouch ein zweites Bett her. Gegen elf Uhr stand er dann endlich auf und kam zu mir in die Küche.

»Guten Morgen, Paul. Das ist ja toll hier. Ich habe ganz wunderbar geschlafen. Vielen Dank für den schönen Abend bei euch gestern.«

»Das freut mich, Lev. Ich hoffe, es wird dir hier gefallen. Iss erst mal etwas und zieh dich an. Danach können wir ein paar Dinge besprechen.«

»Ja. Rasieren möchte ich mich auch noch und etwas herrichten. Das ist ja kein Zustand mehr, wie ich aussehe.«

Lev setzte sich zufrieden an den Küchentisch. Ich drehte mich von ihm weg und hatte Mühe, dass ich keine Tränen in die Augen bekam. Isabel hatte Recht. Es war die einzig richtige Entscheidung, Lev eine Zeit lang bei uns aufzunehmen. Kein Mensch sollte einen Krieg miterleben. Und jeder, der Betroffenen helfen kann, sollte dies auch tun.

Nach dem Frühstück zeigte ich Lev meine Wohnung und das restliche Haus. Ich erklärte ihm, dass er sich überall frei bewegen konnte. Auch unten im Hof oder auf der Straße. Wenn er etwas benötigen sollte, dann solle er sich melden. Zudem stellte ich ihm ein Fahrrad zur Verfügung.

»Wenn du alleine weg willst, ist das kein Problem. Ich kann dir aber die Stadt auch gerne vorher mal im Groben zeigen. Einen Stadtplan bekommst du ja sowieso auf deinem Smartphone angezeigt. Da bin ich ja überflüssig.«

»Das klingt toll, Paul. Wie gesagt, ich möchte euch aber keine Umstände machen. Ich denke, alleine komme ich auch gut zurecht.«

Ich gab Lev einen Hausschlüssel. »Wenn du weggehst, brauchst du eigentlich auf gar nichts Besonderes zu achten. Du kannst heimkommen, wann du willst. Achte vielleicht lediglich darauf, dass du deinen Pass dabeihast, falls doch mal irgendetwas sein sollte. Und vielleicht zehn oder zwanzig Euro. Für Notfälle. Ansonsten kannst du ja kurz schreiben oder anrufen, damit wir wenigstens wissen, wo du dich herumtreibst.«

Lev lebte sich schnell bei uns ein und fand sich gut zurecht. Im Grunde war es vor dem Krieg für ihn in Donezk ja genauso wie jetzt hier in Heidelberg. Man merkte auch sofort, dass er sehr selbstständig war und sich schnell an neue Situationen und Umstände gewöhnen konnte. Er machte keine Schwierigkeiten und ihm schien es in Heidelberg gut zu gefallen.

Er ließ sich wieder einen anständigen kurzen Haarschnitt verpassen und rasierte sich seinen Vollbart ab. Tagsüber war er viel draußen, fuhr mit dem Rad oder joggte am Neckarufer entlang. Ab und zu ging er mit mir auf die

Arbeit mit und unterstütze mich dabei oder schaute sich andere Geschäfte an. Lev wirkte hier wie ein Student unter tausenden in Heidelberg.

Kannte man ihn hingegen genauer und wusste man über seine Erlebnisse Bescheid, so erkannte man auch, dass es tief in ihm ganz anders aussah. Er war sehr ruhig und ging nicht auf fremde Menschen zu. Fand er sich dennoch unter großen Menschenansammlungen wieder, so wurde ihm schnell unwohl. So beispielsweise, als wir mit ihm an einem Wochenende durch die Heidelberger Fußgängerzone liefen. Vor lauter Menschen, die mit uns und entgegen uns gingen, wurde Lev zusehends nervös und er fühlte sich beengt. Er gab erst dann wieder Ruhe, als wir eine weniger belebte Parallelstraße weiter in Richtung Neckar einschlugen.

Anstrengend waren auch die Nächte. So gut wie in jeder Nacht, teils auch mehrmals, schreckte Lev vom Schlaf auf, weil er etwas Schlechtes geträumt hatte. Manchmal konnte er erst gar nicht wieder einschlafen und blieb dann wach oder ging nach draußen, um spazieren zu gehen. Den Schlaf holte er dann tagsüber nach. Ich machte ihm deshalb keinen Vorwurf, denn er konnte einfach nichts dafür. Andererseits hatte er aber auch nie mit mir über seine Ängste gesprochen, die ihn nicht schlafen ließen.

Die Zeit in Heidelberg verging. Lev war bereits seit über einem Monat bei uns und es war Mitte Mai geworden. Das Sommerwetter hatte die Stadt bereits gut im Griff und die Temperaturen erreichten täglich neue Höchstwerte. Der Smog trübte die Sicht in die Rheinebene weiter ein. Einen klaren Blick auf die Pfälzer Berge im Westen bekam man nur noch nach einem ordentlichen Sommergewitter präsentiert. Nachmittags nach der Arbeit gingen wir regelmäßig mit Isabel und Steffen auf die Neckarwiese, um den Tag ausklingen zu lassen. Freitags oder samstags grillten wir oft im Freien.

An diesem Freitagmittag war Lev besonders schlecht gelaunt. Auch wenn wir es ihm zunächst nicht anmerkten, schien er sich über irgendetwas furchtbar aufzuregen. Dann schließlich, als er am Küchentisch saß, nahm er sein Trinkglas und warf es mit voller Wucht hinter mir an die Wand, sodass es in tausend Teile zerplatze.

»Verdammt nochmal, ich halte es einfach nicht mehr aus. Ich halte euch einfach nicht mehr aus. Das ist doch verrückt. Wir diskutieren hier, welches Fleisch gegrillt werden soll und welches nicht, was uns schmeckt und was wir liegen lassen, und am Ende werfen wir doch die Hälfte davon in den Müll! Daheim konnten wir froh sein, dass wir überhaupt etwas an Lebensmitteln erhalten haben. Meistens waren die Lebensmittelläden einfach leer und wir hatten überhaupt nichts zu fressen! Und dann du, Paul! Lässt minutenlang das Wasser laufen, weil irgendwelche bescheuerten Weingläser anscheinend nicht ganz sauber sind. Mich kotzt euer Umgang mit alldem so was von an. Als würden wir hier alle im Überfluss leben! Es macht mich krank, verdammt nochmal! Versteht ihr, krank!«

Er schob seinen Küchenstuhl so grob zurück an den Tisch, dass er umfiel. Wie von Sinnen rannte er aus der Küche.

»Lev, verdammt nochmal. Bleib doch mal stehen. Was ist denn nur los mit dir?«

Im Wohnzimmer kramte er auf dem Couchtisch in seinen Utensilien herum und holte eine angebrochene

Packung Zigaretten hervor. Mit zittriger Hand steckte er sich eine in den Mund und zündete sie an. Isabel und ich schauten Lev erschrocken, aber auch mitleidig zugleich an. Im selben Moment kam Steffen die Wohnungstür hineingeplatzt.

»Was zum Teufel ist denn hier los? Warum brüllt ihr denn so herum?«

Wir schauten uns alle kurz gegenseitig an. Lev griff nach dem Hausschlüssel und steckte ihn zusammen mit der Packung Zigaretten in die Hosentasche.

»Ich gehe nach draußen. Das ist alles zu viel für mich. Ich kann das nicht mit ansehen.«

Er grummelte noch ein paar Worte auf Russisch vor sich hin und verließ dann hektisch die Wohnung.

»Verdammt, jetzt sag doch mal einer was«, rief Steffen erregt. Ich drängte mich an ihm vorbei und rannte Lev nach, hinaus ins Treppenhaus. Am Geländer schaute ich zu ihm nach unten und brüllte ihm nach: »Verdammt, Lev, jetzt warte doch mal. Lass uns doch reden.«

Doch da hatte er das Haus schon verlassen. Ich ging wieder in meine Wohnung zurück. In der Küche standen Isabel und Steffen regungslos und starrten auf die Glassplitter auf dem Küchenboden.

»Was hatte er denn?«, fragte Steffen ein drittes Mal, nun aber in einem ruhigen Ton.

»Ich weiß auch nicht genau. Er hat sich anscheinend furchtbar darüber aufgeregt, dass wir so verschwenderisch mit Lebensmitteln und Wasser umgehen. Dann ist er rausgerannt.«

»Oh, verdammt nochmal«, Steffen stöhnte und setzte sich auf einen Küchenstuhl. Er stütze das Kinn auf die Hände. Isabel stellte sich neben ihn.

»Er hat es doch nicht wirklich böse gemeint. Ich kann ihn ja verstehen. Ihm geht so etwas einfach nahe. Er hat sich einfach nur darüber geärgert, dass wir uns vor lauter Überfluss kaum entscheiden können, was wir überhaupt essen sollen, während er daheim von Glück sagen konnte, dass er überhaupt etwas gehabt hat.«

»Ja, das weiß ich ja auch. Er kann sich deshalb trotzdem nicht einfach so aufführen und Gläser durch die Gegend werfen.«

Isabel streichelte Steffen durch die Haare. »Wenn wir alle mal ganz ehrlich sind, hat Lev aber gar nicht so Unrecht. Uns allen geht es hier so gut, dass wir vor lauter Überfluss das Wesentliche aus den Augen verlieren. Ich hätte an seiner Stelle bestimmt genauso reagiert.«

Ich nickte mit dem Kopf. »Leute, ich gehe nach draußen, ihn suchen. Er ist sicher mit dem Rad weg.«

Ich ging ins Wohnzimmer und suchte meine Schlüssel zusammen.

»Hast du eine Idee, wo er hin ist, Paul?«

Ich schaute auf mein Smartphone. »Ja, ich glaube schon.«

Kapitel 4

Ich machte mich schließlich auf, um Lev zu suchen. Er hatte mir, als er losgegangen war, eine Kurznachricht geschrieben, dass er in die Bahnstadt gefahren sei und sich zugleich auch für sein Verhalten entschuldigt.

Draußen auf der noch belebten Straße kehrte langsam die Abendstimmung ein. Die Sonne stand recht tief und die Autos auf der Straße hupten sich gegenseitig genervt an. Es roch nach Feierabend. Ich schwang mich auf mein Fahrrad und fuhr die Mittermaierstraße entlang zur Lessingstraße, vorbei am Heidelberger Hauptbahnhof.

Als ich die Montpellierbrücke erreicht hatte, stand die rötliche Abendsonne bereits sehr tief und blendete mich vom Westen her ins Gesicht. Etliche Autofahrer, die neben mir über die Brücke fuhren, wurden von den letzten kräftigen Sonnenstrahlen dabei gestört, ihre Wagen auf der Spur zu halten. Viele griffen nach oben, um die Sonnenblende herunterzuklappen. Unter mir quietschte ein in den Bahnhof einfahrender Güterzug in den Schienen.

Dann schließlich hatte ich die ersten Gebäude der Bahnstadt erreicht. Der neu entstehende Heidelberger Stadtteil machte seinem Namen und Ruf alle Ehre. Die Passivhaussiedlung erhob sich vor mir in einem modernen und sauberen Antlitz. Die klaren kubischen Formen und die sauber angelegten Grünflächen und Radwege versprachen den Heidelbergern einen zukunftsträchtigen und angesagten neuen Stadtteil. Ich selbst verband mit den modernen, sich eins wie das andere gleichenden Gebäuden vielmehr die in einem Einheitsgrau gestrichenen Plattenbauten in Ostberlin.

Ich fuhr weiter. Die bereits fertiggestellten und frisch bezogenen Gebäude der südöstlichen Bahnstadt wichen allmählich den noch im Rohbau stehenden im Westen. In den noch leeren Fensterhöhlen flatterten Kunststoffplanen hin und her. Hier und dort schlug ein Metallgitter an ein anderes, nur um sich danach wieder vom Wind öffnen zu lassen und erneut dagegen zu schlagen.

Dann schließlich wechselte sogar die geteerte Straße einer aus Schotter, Sand und Staub. Rechts und links des Weges türmten sich gewaltige Erdhügel und Schuttflächen auf den noch unbebauten Grundstücken. Ab und an stand ein verwaister Bagger an einer Baugrube, die er am nächsten Arbeitstag weiter ausheben würde.

Der Wind wehte durch die mit Unkraut und Gräsern bewachsene Brachfläche. Die noch jungen Grünpflanzen warfen durch die untergehende Sonne einen meterweiten Schatten über das Gelände. Mein eigener, mit dem Fahrrad fahrender Schatten war nochmals um ein Vielfaches länger. Wie eine Pferdekopfpumpe zur Ölförderung stiegen die langen Schatten meiner Fahrradpedale gemächlich auf und ab.

Ich fuhr weiter. Das unbebaute Areal hatte hier etwas von einer Mondlandschaft. Es war schwer vorzustellen, dass all das hier einst Bahngelände gewesen sein sollte. Nun türmten sich hier die bewachsenen Erdhügel auf, neben denen eine neue Grube ausgehoben wurde. Zwischen ihnen schlängelten sich die unbefestigten Wege. Es würde nicht mehr lange dauern, dann wäre auch diese Landschaft schon bald wieder verschwunden und die neu errichteten Gebäude würden den neuen Stadtteil vervollständigen. Nichts blieb, wie es war.

Das Gelände hatte ich nun durchquert und war am vorläufigen Ende der Bahnstadt angekommen. Ich blickte hinüber zum Industriegebiet im Pfaffengrund. Die untergehende Sonne hatte dessen Gebäude in riesige schwarzgraue Bauklötze verwandelt. Ich stieg vom Fahrrad ab und schob es weiter. Dann konnte ich endlich Lev sehen.

Am westlichen Ende der Bahnstadt stand er vor einem Maschendrahtzaun, die Hände in das Gitter gekrallt, und blickte sehnsüchtig der untergehenden Sonne entgegen. Langsam schob ich mein Rad weiter und legte es fast geräuschlos am Bordstein des Gehweges ab.

Lev drehte mir seinen Kopf etwas entgegen, ohne dabei seine Augen zu öffnen. Er genoss es sichtlich, wie ihm die letzten Sonnenstrahlen des Tages die Wärme in sein Gesicht trugen. Unter seinen geschlossenen Augenlidern musste sich die Welt in ein grelles Orange verwandelt haben.

»Schön, dass du mich gefunden hast, Paul. Das von vorhin tut mir leid.«

Zu Levs Füßen auf dem Gehweg lagen eine Packung Roth-Händle und ein Feuerzeug. Ohne ihm zu antworten steckte ich mir eine Zigarette an und schaute ebenfalls den letzten Sonnenstrahlen des Tages durch den Gitterzaun nach. Dabei lehnte ich mich entspannt in den Maschendrahtzaun, wie in eine Hängematte.

»Ist alles in Ordnung mit dir, Lev? Warum bist du heute Abend so plötzlich weggegangen, ohne etwas zu sagen?«

Lev hielt seine Augen weiterhin geschlossen. »Ich habe einfach etwas Ruhe gebraucht. Ruhe vor der Stadt, vor den Menschen und Ruhe vor dir.« Er hielt kurz inne. »Hier ist es genau richtig. Findest du nicht? Die Baugruben und die Erdberge, die Rohbauten mit ihren leeren Fensterhöhlen, die untergehende Sonne, die über all das hier mächtige Schatten wirft. Und dann die Ruhe. Man hört nichts als den Wind, die nahegelegene Autobahn und hin und wieder einen Zug, der in den Bahnhof einfährt. Ansonsten keine Menschenseele. Mitten in der Stadt.«

Ich versuchte, Levs Worte in meinem Kopf zu ordnen. Ich wusste ganz genau, dass ihn die Umgebung an seine Heimat im zerstörten Donezk erinnerte. Die nackten Betonwände, die sich wie Skelette gen Himmel streckten. Die aufgehäuften Schuttberge und die sich dazwischen schlängelnden, unbefestigten, nur mäßig befahrbaren Straßen.

»Weißt du, Lev, du musst schon mit uns reden, wenn es Probleme gibt. Einmal sagst du, dass du die Ruhe nicht aushalten kannst. Heute hingegen suchst du nichts weiter als die Ruhe. Wir können ja nicht in dich reinschauen. Rede mit uns.«

Ich musterte ihn. Entspannt stand er da und klammerte sich an den Maschendrahtzaun. Er genoss den Frieden und die Ruhe.

Ich schnipste meinen Zigarettenstummel über den Zaun. Die Sonne verschwand soeben hinter dem Horizont und mit ihr die unzähligen Schatten um uns und hinter uns. Der Himmel wurde augenblicklich in ein schön anzusehendes Lila getaucht. Es wurde frischer. Die blaue Stunde begann. Wir ließen beide vom Zaun ab und setzten uns auf den Bordstein, wo auch mein Fahrrad lag.

Der Maschendraht klirrte unter der ausbleibenden Last unserer Hände. Wir saßen einfach nur da, auf den noch von der Sonne erhitzten Pflastersteinen und blickten schweigend auf die Bahnstadt.

»Weißt du, Paul, ich muss in letzter Zeit immer öfter an das denken, was ich daheim erlebt habe. Vor allem in den Nächten ist es schlimm und die Erinnerungen kommen wieder«, begann Lev und blies dabei seinen Zigarettenqualm in die Luft. Er hatte sich eine neue Zigarette angezündet. Ich lehnte mich etwas zurück und stütze mich auf den Ellenbogen ab. Ich hörte ihm zu.

»Es war Ende November letzten Jahres und bereits ziemlich kalt und ungemütlich. Der Boden war matschig und weich und man konnte leicht ausrutschen oder steckenbleiben, denn es hatte nachts noch nicht richtig gefroren und der Boden taute an der Oberfläche tagsüber wieder auf. Es hatte tagelang geregnet. Ich war mit den anderen Leuten aus der Nachbarschaft von Spartak in der Dämmerung unterwegs gewesen, um noch einige verwendbare Gegenstände aus den bereits zerstörten Häusern mitzunehmen. Ein kleiner Notstromgenerator, Töpfe und Kanister mit Brennstoff. Wir versuchten alles, was uns für den anstehenden Winter brauchbar erschien, aus den halb zerstörten Wohnungen zusammenzusuchen und zu unseren neuen Bleiben zu schaffen. Wir waren dazu mittlerweile nördlich von Spartak unterwegs, gingen den Fluss Kalmius entlang, bis wir an dem großen Reservoir unterhalb von Jassynuwata angekommen waren. Trotzdem befanden wir uns weiterhin mitten in der Kontaktlinie. Zum Jahresende hin waren die Kämpfe in Spartak und am Flughafen in Donezk immer heftiger geworden. Zum Jahreswechsel erreichten sie schließlich ihren Höhepunkt. Jeder hatte also so viele Gegenstände an sich genommen, wie er nur tragen konnte. Mit diesem Gewicht auf unseren Schultern kamen wir auf dem lehmigen Boden nur sehr langsam voran. Zudem war es bitterkalt und die Finger schmerzten. Um besser laufen zu können, entschieden wir uns, an einem Bahndamm weiterzugehen. Wir liefen ein ganzes Stück auf dieser kleinen Anhöhe auf den Schwellen entlang weiter, bis uns ein stehender Zug mit einem Dutzend Kesselwägen auf den Gleisen den Weg versperrte.«

Lev schluckte und sein Blick hatte einen Punkt auf dem Boden vor ihm fixiert. »Dann ging alles ganz schnell. Auf der nassen Metalloberfläche des letzten Kesselwagens konnte ich noch das rote Flackern einer Leuchtrakete widerspiegeln sehen. Verwundert drehten wir uns alle zu dieser Rakete um, um ihr nachzusehen. Im selben Moment rissen uns mehrere gewaltige Explosionen von den Beiden. Einige von uns rutschten unbeholfen den Bahndamm hinab. Ich konnte augenblicklich Maschinenpistolenfeuer wahrnehmen. Reflexartig ließ ich alle Gegenstände fallen und rannte wie verrückt neben den Kesselwaggons in die Richtung, in der ich die Lok vermutete. Immer wieder wurden mein Gesicht, meine Hände, die Gleise und die Bahnschwellen von dem roten Licht der Leuchtspurmunition erhellt. Es knallte und schoss aus gefühlt allen Richtungen. Manchmal so stark, dass ich für einige Sekunden ein starkes Pfeifen im Ohr hatte. Ich hatte das andere Ende der Schlange von Kesselwaggons erreicht, doch eine Lok fand ich nicht vor. Dafür befand ich mich auf einer kleinen Eisenbahnbrücke. Wieder knallte es heftig hinter mir, dann noch einmal so stark, dass die Kesselwägen mit einem Ruck ein paar Meter nach vorne rollten. Die Gleise quietschen grässlich und es klang ganz in der Nähe nach berstendem Metall. Vermutlich wurde einer der Kesselwägen von einer Granate getroffen. Ich schaute zurück, konnte aber aufgrund des starken Nebels keine zwanzig Meter weit sehen. Lediglich das Rot der Leuchtspurmunition ließ mich erraten, von wo aus ungefähr der Beschuss kommen musste. Dann wieder eine heftige Detonation. Durch die Streben der Eisenbahnbrücke spritzte mir von unten kaltes Wasser entgegen. Ich rannte weiter um mein Leben. Ich hatte einfach furchtbare Angst, verstehst du, Paul? Die Kesselwägen verschwanden nacheinander hinter mir im Nebel. Im nächsten Augenblick wurde mir buchstäblich der Boden unter den Füßen genommen. Ich dachte in dem Moment, ich müsse sterben.«

Lev hielt im Erzählen kurz inne und blickte mich mit glasigen Augen an. Er schluckte einmal und erzählte dann langsam weiter: »Es folgte ein ungeheuerlicher Knall, dass ich beinahe davon taub wurde. Die gesamte Stahlkonstruktion der Eisenbahnbrücke erbebte und ließ sich mit einem gewaltigen Ruck in die Tiefe fallen. Für einen kurzen Moment schwebte ich in der Luft, um dann ins kalte, nach Öl riechende Wasser zu fallen. Ich schrie vor Schmerz. Ich hörte nur das Bersten von Stahl und Metall, und schließlich auch, wie ein Kesselwagen nach dem anderen ins Wasser rollte. Die riesigen Wellen drückten mich unter Wasser und ließen mich dort ein paarmal überschlagen. Ich bekam keine Luft mehr. Ich war vermutlich Minuten orientierungslos unter Wasser. Als ich wieder auftauchte, war es nicht besser. Es war längst nicht vorbei. Die heftig schaukelnde Wasseroberfläche trug allerlei Unrat auf sich. Hier und dort brannten Gegenstände. Über mir in der Luft flogen Geschosse zum Horizont und wieder zurück. Sie pfiffen durch den Nebel. Und noch immer hörte ich das Knattern der Maschinengewehre. Ich hatte panische Angst. Ich wollte nichts als weg. Mit aller Kraft versuchte ich, von der eingestürzten Brücke weg zu schwimmen. Ich schwamm und schwamm, aber ich fand kein Ende. Mir wurde kalt und ich merkte, dass ich am Kopf und an beiden Armen blutete. Ich weiß nicht, wie ich es geschafft habe und wie lange ich im Wasser gewesen bin, aber irgendwann hatte ich das Flussufer erreicht. Ich war total erschöpft. Langsam kam ich wieder zu mir. Auf allen Vieren kniete ich im matschigen Ufergelände. Mein Kopf dröhnte. Ich blickte über die Wasseroberfläche hinweg, hinein in eine Nebelwand, aus der der Klang des Krieges ertönte. Erst jetzt wurde mir klar, was für ein Glück ich in dem Moment überhaupt gehabt hatte. Ich schleppte mich schließlich weg vom Ufer. Der Beschuss wurde schwächer. Ganz in der Nähe fand ich ein kleines, verlassenes Wärterhäuschen aus Holz. Ich brach die Tür auf und ging hinein. Dort versteckte ich mich hinter einer schmalen Pritsche und einem Metallofen. Als nach drei Stunden noch immer nichts geschehen war und mir niemand gefolgt war, traute ich mich so langsam wieder aus meiner Deckung. Draußen wurden noch immer vereinzelte Schüsse abgefeuert. Aber sie klangen weit entfernt. Ich hatte in diesem Moment keinen Schimmer, wo ich mich befand. Wäre ich doch jetzt nur bei meiner Schwester in Kiew, weit weg vom Krieg, dachte ich mir nur. Ich ging zurück ins Wärterhäuschen und machte ein kleines Feuer im Ofen an. Mir war schrecklich kalt. Ich trocknete meine nasse Kleidung und versuchte, soweit es möglich war, meine Verletzungen zu behandeln. Die Hütte verließ ich den ganzen Tag nicht. Draußen wurde es wieder dunkel und ich bekam schrecklichen Hunger. Am Abend nahm der Beschuss in der Ferne wieder an Intensität zu. Ich kauerte mich auf die Pritsche und versuchte, mich nicht zu bewegen. In der Nacht fing es dann schließlich an zu schneien. Der Schnee rieselte konstant und deutlich auf das dünne Holzdach des Häuschens. Ich habe maximal eine Stunde geschlafen, wenn überhaupt. Früh am Morgen war mein Hunger so stark, dass ich es in der Hütte nicht mehr ausgehalten habe. Ich machte mich auf und stapfte durch den frischen Schnee am Ufer entlang. Der Nebel war verschwunden und vor mir lag nichts als reiner Schnee. Immer wieder zuckte ich von den in der Nähe abgefeuerten Schüssen zusammen. Dieses Gefühl, den Geschossen ständig ungeschützt ausgeliefert zu sein, machte mich wahnsinnig. Ich ging rasch weiter. Ab und an tat es einen dumpfen, heftigen Schlag. Manchmal gefolgt von dem Geräusch, wie wenn man eine Silvesterrakete zum Himmel steigen lässt. Bei einem besonders intensiven Zischen und Grollen blieb ich kurz stehen und drehte mich um. Das Wärterhäuschen, in welchem ich übernachtet hatte, war mittlerweile fast zwei Kilometer von mir entfernt. Ich konnte es ganz klein in der Nähe des Flussufers stehen sehen. So weit war ich mittlerweile gegangen. Jenes Häuschen war soeben beschossen worden und brannte lichterloh. Anscheinend wurde das Areal um die eingestürzte Eisenbahnbrücke herum einsehbar gemacht und störende Gegenstände beseitigt. Bei dem Anblick der brennenden Hütte ließ ich mich auf die Knie fallen. Ich konnte es einfach nicht glauben. Ich hatte ungeheures Glück gehabt und dankte Gott, dass ich noch leben durfte. Ich brach zusammen und weinte.«

Lev wischte sich die Tränen von der Wange. Es war mittlerweile dunkel geworden. Rings um uns herum in der Ferne hatte sich die Beleuchtung in Gebäuden und an den Straßen eingeschaltet. Hoch oben auf dem Königsstuhl wachte der Fernsehturm wie eine riesige Christbaumspitze.

»Das tut mir leid, Lev. Es tut mir so leid und es ist einfach nicht zu beschreiben, was du durchmachen musstest. Ich weiß einfach nicht, was ich dazu sagen soll. Ich ...«

»Es ist okay, Paul. Du kannst ja nichts dafür. Wir können alle nichts dafür. Niemand. Und ich hätte deshalb heute Abend auch nicht so reagieren dürfen.«

Wir saßen noch eine Weile da. Dann standen wir beide auf und griffen nach unseren Fahrrädern. Lev hatte seines am Zaun abgestellt. Langsam schoben wir unsere Räder durch die Brachfläche zurück in die Bahnstadt. Schon bald fanden wir uns zwischen den Baustellen und Rohbauten wieder.

Der Wind, der durch die leeren Fensterhöhlen pfiff, war deutlich zu hören. Ebenso die Plastikplanen und die aneinanderschlagenden Metallgitter, deren Klirren durch die leeren Straßen hallte. Es war keine Menschenseele auf der Straße außer uns.

Nachdem wir uns eine Weile angeschwiegen hatten, erzählte Lev seine Geschichte mit angeschlagener Stimme weiter: »Ich kam schnell wieder auf die Beine. Der lärmende Beschuss brachte mich zurück ins Leben. Wie aus dem Nichts wurde ich auf zwei Stimmen aufmerksam, die meinen Namen riefen. Es waren Freunde von mir, mit denen ich am Tag zuvor noch versucht hatte, die brauchbaren Utensilien aus den zerstörten Wohnungen zusammenzusuchen. Dimitri und Michail fuhren in einem kleinen Kahn im Fluss neben mir her und winkten mir auffällig zu. Dimitri hatte eine sichtbare Wunde an der Schläfe. Sein Kopf war verbunden. Ich war so froh, endlich wieder bekannte Gesichter zu sehen. Das Detonieren der Geschosse und die Hilflosigkeit da draußen hätten mich so ganz alleine beinahe um den Verstand gebracht. Ich watete ins flache Wasser und stieg zu. Unter Deck konnte ich mich in einer winzigen Kammer aufwärmen und endlich etwas essen und trinken. Wir blieben noch zwei volle Tage an Bord und versteckten uns so in der sich wieder zuziehenden Nebelwand des ruhig vor sich hinfließenden Kalmius. Erholung und Schlaf bekam ich so gut wie keinen. Das ständige Angstgefühl, entdeckt und beschossen zu werden, ließ uns alle wach bleiben. Michail erzählte mir, dass aus unserer Gruppe von sechs Personen nur wir drei noch da waren. Die anderen waren fort. Niemand wusste, wo. Sie waren nicht wiedergekommen. Przemyslaw, Dmitri und Aleksandr. Es war schrecklich, und wir ahnten das Schlimmste. Wir schwiegen uns die meiste restliche Zeit an.«

Wir waren wieder am Hauptbahnhof angekommen. Die Taxifahrer luden Reisende am Hauptportal ab und nahmen Ankömmlinge wieder mit in die Stadt. Unzählige Nachtschwärmer wechselten lebenslustig die Straßenseiten.

Ich klopfte Lev schwach auf die Schulter. »Es tut mir leid, Lev. Es muss unheimlich schwer sein, mit solchen Erlebnissen zurecht zu kommen. Es hört sich jetzt zwar blöde von mir an, aber versuche trotzdem nach vorne zu blicken. Versuche, nicht weiter daran zu denken. Dein Leben muss weitergehen, Lev. Wichtig ist, dass du darüber sprichst.«

Er schaute mich wortlos an, als hätte ich durch ihn hindurch gesprochen. »Es gibt eine Zeit zum Leben und eine Zeit zum Trauern. Verliere dich nicht in letzterer.«

Lev schaute mich immer noch an. »Du hast ja Recht, Paul. Danke für alles. Danke, dass ich in dieser Zeit bei euch in Heidelberg sein kann.«

»Jetzt komm mit, wir fahren nach Hause und versuchen, auf andere Gedanken zu kommen.«

Lev stimmte mir nickend zu. Wir stiegen auf die Räder und radelten zügig durch die Nacht zurück zur Wohnung.

An der Wohnung angekommen setzten wir uns noch eine Weile auf den Balkon und Lev erzählte mir weitere seiner Erlebnisse. Sie waren deutlich fröhlicher als sein letzter Bericht. Er erzählte von Freunden, Familie und Arbeit. Ich sollte nicht den Eindruck bekommen, dass in Donezk alles schlecht war.

»Donezk ist eine schöne und lebenswerte Stadt. Wie Heidelberg. Wäre nur nicht dieser verdammte Krieg.«

Nachdem wir ein paar Bier getrunken und noch lange erzählt hatten, legten wir uns schließlich schlafen. Von dem vielen Radfahren und dem vielen Bier schlief ich schnell ein. Lev ebenso.

Kapitel 5

Mit der Zeit, in der Lev in Heidelberg lebte, wurde er ruhiger und erholte sich. Man konnte ihm ansehen, dass es ihm wieder deutlich besser ging. Die Ablenkung hier vom Konflikt in seiner Heimat tat ihm gut. Zudem wirkte er viel ausgeglichener, wenn er mit jemandem über seine Erlebnisse und Ängste sprechen konnte. Sei es mit mir oder Isabel und Steffen.

Dennoch kamen manchmal, ohne Vorwarnung, seine Erinnerungen zurück. Er würde sie vermutlich nie ganz vergessen können. Ebenso war er oft nervös, sobald er sich unter vielen anderen, ihm fremden Menschen oder Menschenansammlungen befand. Er hegte gegenüber jedem Fremden hier ein großes Misstrauen und in jenen Situationen gingen ihm die wildesten Gedanken durch den Kopf.

Ebenso war es in jener Nacht. Gegen halb zwei Uhr nachts wurde ich von einem Klirren, welches von der Küche aus zu kommen schien, aus dem Schlaf gerissen. Ich machte vor Schreck augenblicklich Licht, schlug die Bettdecke auf und ging in jene Richtung, um nachzusehen, was passiert war.

In der Küche brannte ebenfalls Licht. Lev stand in Unterwäsche, sichtlich nervös, barfuß auf dem gefliesten Küchenboden. Vor ihm lagen eine Kaffeedose und Kaffeepulver weit verstreut auf dem Boden herum. Wieder deutlich erleichtert schaute ich Lev müde an. Er war hingegen hellwach und zitterte.

»Sie ist mir aus der Hand gefallen. Ich konnte nicht

schlafen und wollte Kaffee machen. Ich kann einfach keine Ruhe finden«, stotterte er.

»Schon gut, Lev. Es ist alles ist okay. Beruhige dich und setz dich erst einmal hin. Ich bringe das hier in Ordnung.«

Ich trat an den Herd und schaltete die Platte wieder aus, die Lev aufgedreht hatte, um Kaffeewasser zu kochen. Dann kehrte ich das Kaffeepulver auf dem Küchenboden zusammen.

Lev rückte den Küchenstuhl nach hinten und setzte sich an den Esstisch. Er wippte mit den Beinen und zitterte noch immer.

»Beruhige dich doch mal, du bist ja ganz nervös. Es ist doch nichts passiert.«

Lev schaute mich genervt an. Er zog unruhig eine Zigarette aus der Packung, die vor ihm auf dem Küchentisch lag. Aus der Schublade der Küchenzeile warf ich ihm eine Packung Streichhölzer zu. Erst als er den ersten tiefen Zug genommen und den Qualm wieder ausgestoßen hatte, der sich dann sofort in der Küche verteilte, schien er etwas herunter zu kommen und sich zu beruhigen. Ich hatte den Kaffee inzwischen entsorgt und setzte mich Lev gegenüber an den Tisch, die leere Kaffeedose in den Händen. Wir schauten uns zunächst wortlos in die Augen.

»Was ist eigentlich los, Lev? Du bist doch jetzt schon eine Weile hier und weißt, dass du hier vor nichts Angst zu haben brauchst. Hier kann dir doch nichts passieren. Versuche an etwas anderes zu denken und einfach runterzukommen, sonst geht es doch ewig so weiter. Denk an die Dinge, die dir Freude machen.«

Lev blies mir den Zigarettenrauch entgegen. Er blickte mich aggressiv an. »Du hast leicht reden. Runterkommen. Wenn das nur halb so einfach wäre, wie du immer sagst.

Aber du kannst das einfach nicht verstehen. Ich habe dir schon tausendmal erklärt, was los ist. Aber wie sollst du es auch verstehen. Du hast es ja nicht erlebt.«

»Ich weiß, Lev. Ja, du hast mir es schon tausendmal erklärt. Und ja, ich werde mich auch nie in der Weise hineinversetzen können, wie du es kannst und erlebt hast. Das einzige, was ich tun kann, ist dir dabei zu helfen, das Erlebte zu akzeptieren und damit zu leben. Was du brauchst, ist Ablenkung und eine neue Aufgabe. Genau aus dem Grund bist du doch hier in Heidelberg. Alles Weitere musst du dir selbst erarbeiten. Du musst etwas ändern. Ich helfe dir, wo es nur geht. Wir können machen, was du willst. Aber du musst schon sagen, was du willst und auch darüber reden.«

Lev drückte seine Zigarette auf einem Unterteller aus. Er gab mir keine Antwort auf meinen Ratschlag.

»Lass uns wegfahren. Mit dem Fahrrad. Raus aus der engen Wohnung«, murmelte er plötzlich. Er stand auf und lief in der Küche hin und her.

»Was? Jetzt noch? Wir haben gleich zwei Uhr nachts«, schaute ich ihn verwundert an.

»Ich muss raus aus der engen Wohnung. Raus an die frische Nachtluft. Ich muss den Kopf frei bekommen. Ansonsten platze ich noch. Mich erdrückt das alles hier.«

Lev blieb stehen und schaute mich mit großen Augen an. Er zitterte wieder etwas. »Los, komm mit. Wir fahren mit dem Fahrrad. Draußen sind wir frei!«

Lev rannte zugleich zu seinem Schlafplatz und kramte Kleidung hervor, um sich anzuziehen.

»Okay, wenn du meinst. Wir gehen raus, eine Runde Fahrrad fahren. Hauptsache, es hilft dir«, rief ich ihm aus der Küche hinterher, ohne dass er mich wahrscheinlich hören konnte. Ich zog mir ebenfalls etwas Leichtes an und suchte Haus- und Fahrradschlüssel zusammen.

»Fünf nach Zwei. Oh Mann. Was man nicht alles tut«, brummte ich, als ich mir die Schnürsenkel zuband. Lev war bereits fix und fertig und dribbelte mit beiden Füßen. Wir gingen das Treppenhaus hinunter und holten die Fahrräder aus dem Keller.

Draußen was es angenehm mild und immer noch recht warm, fast schon schwül. Es hatte kein wenig abgekühlt und es war absolut windstill. Lev hatte sein Hemd nicht zugeknöpft, sondern ließ es offen herumflattern.

Ich schob mein Rad von der Eingangstüre über den Gehweg an den Fahrbahnrand. Um die Uhrzeit fuhr so gut wie kein Auto mehr auf der Straße. Von Passanten, bis auf einige wenige Nachtschwärmer, die noch unterwegs waren, ganz zu schweigen. Heidelberg schlief.

»Lass uns losfahren. Ich fahr voran«, ließ mich Lev wissen und schwang sich auf sein Rad.

»Wo willst du überhaupt hin?«

»Keine Ahnung. Wir fahren einfach. Einfach mir nach.«

Dann ging es los. Lev trat wie verrückt in die Pedale. Ich hatte Mühe, hinterher zu kommen und fing alsbald an zu schnaufen. Wir radelten die nächtliche Bergheimer Straße entlang vor zum Bismarckplatz. Von dort aus wechselten wir über den Adenauerplatz auf die Friedrich-Ebert-Anlage und fuhren auf ihr entgegen der Verkehrsrichtung weiter. Der Abstand zwischen mir und Lev wurde stets größer. Er schien einfach nicht müde zu werden, während mir das Atmen immer schwerer fiel.

»Ein Glück, dass jetzt so gut wie kein Verkehr mehr ist, wenn wir die Friedrich-Ebert-Anlage in entgegengesetzter

Richtung hineinfahren. Ich hoffe nur, die Polizei kommt uns nicht entgegen. Die hält uns unter Garantie an.«

Lev hatte meine mahnenden Worte nicht gehört. Er wartete an der Abzweigung zur Klingenteichstraße auf mich, wo auch wieder die richtige Fahrbahnseite der Friedrich-Ebert-Anlage auf uns stieß, die zuvor noch im Tunnel verborgen war.

»Lev, fahr doch nicht so schnell. Lass uns kurz eine Pause machen. Ich komme kaum hinterher.«

Lev stimmte mir zu. Er war noch immer hellwach und entschlossen, weiter zu fahren.

»Wie schön doch die Nacht in Heidelberg ist, nicht wahr, Paul? Keine anderen Menschen in der Nähe, die einen blöde anmachen. Keine Autos. Nichts als Ruhe.«

Ich hörte Levs Beobachtungen wortlos zu und versuchte weiterhin zu Atem zu kommen. Nach zehn Minuten ging es weiter. Wir fuhren im Schritttempo die Steigung der Klingenteichstraße hinauf. Von dort aus erneut entgegen der Einbahnstraße entlang der neuen Schloßstraße.

»Wenn wir so weiterfahren, gelangen wir genau an das Heidelberger Schloss«, keuchte ich zu Lev nach vorne, der bereits wieder einige Meter Vorsprung hatte.

»Genau da fahren wir jetzt hin!«, rief er zu mir zurück.

Nach einer weiteren anstrengenden Steigung und jeder Menge Luftnot hatten wir letztendlich den Schloß-Wolfsbrunnenweg erreicht. Wir standen mit unseren Rädern mitten auf der Kreuzung, von der aus sich der Molkenkurweg in den Heidelberger Wald hineinschlängelte. Direkt vor uns thronte das Heidelberger Schloss, welches auf uns durch die zahlreichen Scheinwerfer als riesiger roter Sandsteinklotz zurückstrahlte.

Ich lehnte mein Rad gegen den Jägerzaun, der den

Schloß-Wolfsbrunnenweg vom steilen Abhang hinab zum Schlosspark trennte. Dann setzte ich mich auf den Bordstein, keuchte heftig und hielt mir den Kopf. Jeder Atemzug brannte in meiner Lunge. Zudem lief mir nun der Schweiß von Stirn und Brust herab. Lev warf mir eine kleine Wasserflasche zu.

»Danke, Lev, daran hatte ich gar nicht gedacht. Sehr gute Idee.«

Ich trank in gierigen Schlucken. Lev war mittlerweile ebenfalls etwas außer Atem gekommen und griff nach der Wasserflasche.

»Ist es nicht wundervoll hier? Diese Ruhe! Und dann der Ausblick über das Schloss und die Heidelberger Altstadt.«

Im Gegensatz zu Lev konnte ich die Aussicht noch nicht so sehr genießen, da ich noch mit meinem Kreislauf zu kämpfen hatte. Als es mir wieder besser ging, versuchte ich ihm allmählich die markantesten Punkte Heidelbergs von unserem Standort aus zu zeigen. Den Philosophenweg auf der anderen Neckarseite, die Fußgängerzone in der Altstadt und den ungefähren Punkt, von wo aus wir gestartet waren. Die Alte Brücke selbst war von unserem Standort aus durch das Schloss verdeckt. Lev war beeindruckt. Er zündete sich schließlich eine Zigarette an und wirkte, als wäre ich gar nicht mehr anwesend. Er war wie in Trance.

Wir saßen etwa eine halbe Stunde an jener Kreuzung und starrten in die Nacht und den glitzernden Lichtern der Rheinebene entgegen. Ich bemerkte, dass Lev auf einmal nicht mehr nervös und dafür ganz ruhig geworden war. All das hier tat ihm gut und ließ ihn die Erlebnisse aus Donezk vergessen, wenn auch nur für einige Stunden.

Wir lungerten bereits seit über einer Dreiviertelstunde auf der Kreuzung Schloß-Wolfsbrunnenweg und Molkenkurweg herum und genossen die Aussicht. Es hatte noch immer fast nicht abgekühlt. Zumindest ein klein wenig hier oben am Waldrand. Die lauen, fast schon tropischen Sommernächte hatten ganze Arbeit geleistet. Lev zog wegen der Schwüle sein Hemd schließlich ganz aus und band es sich um die Hüfte. Er starrte in den Schlosspark hinab. Von dort konnten wir immer wieder einzelne nächtliche, aber auch menschliche Geräusche wahrnehmen. Vermutlich waren auch hier einzelne Nachtschwärmer zugange. Der Schlosspark war nachts nicht abgeschlossen, sondern frei für jeden zugänglich.

Hinter uns knackte im Dunkeln ein Ast. Ich drehte mich langsam um und blickte den Molkenkurweg hinauf. Die Straßenbeleuchtung dort reichte nur wenige Meter von unserer Kreuzung ab hinauf zwischen die Bäume. Dann wurde die Straße vom nächtlichen Wald verschluckt. Mich schauderte es kurz. Ich drehte mich wieder zum Schloss und steckte mir eine Roth-Händle an. Vom unteren Teil des Schloß-Wolfsbrunnenweges ertönten Schreie zu uns hinauf.

Lev blickte besorgt abwechselnd in Richtung der Schreie und wieder in den Park hinab. Ich registrierte schnell, dass er wieder nervös geworden war und versuchte nun, ihn abzulenken.

»Ich frage mich, was die Leute denn überhaupt machen, die um drei Uhr nachts mitten im Schlosspark herumlungern? Müssen die denn morgen überhaupt nicht arbeiten?«

Lev gab mir keine Antwort und blickte wieder in den Schlosspark hinab. Was war es auch für eine blöde Frage von mir gewesen. Immerhin waren wir selbst ja auch hier oben, und das mitten in der Nacht.

Dann bahnte sich etwas Unheimliches an. Vom Schloß-

Wolfsbrunnenweg kam plötzlich ein Auto zu uns heraufgefahren. Langsam aber sicher erfassten uns nach und nach dessen Scheinwerfer. Geblendet schauten Lev und ich dem Wagen entgegen.

Als er uns schließlich erreicht hatte, blieb er plötzlich mitten auf der Straße stehen und schien uns zu beobachten. Lev und ich konnten nichts weiter erkennen, da uns die Scheinwerfer zu sehr blendeten.

»Was will der denn bloß? Polizei?«, fragte mich Lev nervös und tippte mir auf die Schulter.

»Nein. Keine Ahnung. Vielleicht hat er sich ja verfahren. Ignoriere ihn einfach. Er wird schon weiterfahren.«

Der Wagen stand weiterhin mit laufendem Motor mitten auf der Straße und glotzte uns an.

»Aber komisch ist es schon, dass er so lange stehen bleibt und uns angafft, findest du nicht, Paul?«

Levs Stimme war zittrig geworden. Er hatte den Satz gerade beendet, da gab der Wagen endlich wieder Gas und fuhr an uns vorbei. Als er uns gerade passierte, konnte ich genau erkennen, dass es sich bei dem Fahrzeug um einen silbernen Audi A4 handelte. Den Fahrer selbst konnte ich in dem Augenblick leider nicht mehr erkennen.

Wir schauten dem Wagen verwundert nach, wie er davonfuhr. Den Strahl seiner Scheinwerfer konnten wir den gesamten Wolfsbrunnenweg hinweg, direkt über dem Schlosspark hin verfolgen, bis vor zum Parkplatz am Elisabethenweg. Dort verschwand er.

»Wetten, der wendet und kommt zu uns zurück? Der hat es bestimmt auf uns abgesehen«, witzelte ich Lev zu und haute ihm auf den Rücken. Ich lachte.

»Hör auf damit, Paul! Darüber macht man keine Witze. Nachher kommt er wirklich noch zurück. Du weißt doch ganz genau, welche Leute es doch alles gibt. Und du willst mir weismachen, ich brauche in Heidelberg vor nichts Angst zu haben.«

Levs Nervosität war wieder zurück und er zitterte leicht. Aus seiner Hosentasche zog er ein kleines Springmesser hervor und ließ dessen Klinge aufblitzen.

»Mein Gott, das war doch nur Spaß, Lev. Beruhige dich wieder und pack das Messer weg. Los, wir fahren langsam wieder in die Stadt zurück. Es ist sowieso schon spät.«

Ich erhob mich gerade vom Bordstein, auf den ich mich zwischenzeitlich wieder gesetzt hatte, als man vom Parkplatz am Elisabethenweg ein lautes Quietschen von Autoreifen vernehmen konnte. Unangenehm hallte es spitz durch die Nacht bis zu uns und ließ uns beide parallel erschrocken umdrehen. Zugleich sahen wir beide wieder die Autoscheinwerfer auf dem Wolfsbrunnenweg über dem Schlosspark zu uns zurückkommen. Der Wagen fuhr keine normale Geschwindigkeit, sondern hatte ein stark erhöhtes Tempo. Ich schluckte.

»Das ist er, Paul. Was habe ich dir gesagt, er kommt zu uns zurück. Das ist er, Paul!«

Nun bekam auch ich ein komisches Gefühl im Magen. Lev wurde fast hysterisch. Hektisch zog er sich sein Hemd wieder an.

»Er kommt zu uns zurück!«

»Okay, ganz ruhig, Lev. Lass die Fahrräder stehen. Wir rennen jetzt sofort den Molkenkurweg hinauf. Die Kurve ist dort so eng, dass der Wagen sie nicht auf Anhieb nehmen kann und mehrmals korrigieren muss. Sollte er wirklich zu uns abbiegen, nutzen wir den Vorteil und klettern über die Leitplanke wieder zurück auf den Wolfsbrunnenweg. Dann fahren wir mit unseren Fahrrädern davon.«

Während ich Anweisungen gab, waren wir schon am Rennen und hatten den Molkenkurweg außerhalb der Straßenbeleuchtung erreicht. Wir tauchten ins Dunkle und verschwanden. Der Audi war inzwischen auch schon fast wieder an der Kreuzung angelangt.

»Tatsächlich, Lev. Das ist er. Ein silberner Audi A4.«

Mein Herz fing an wie verrückt zu schlagen.

»Was hab ich dir gesagt, Paul! Verdammt nochmal, was will der von uns?«

Lev ließ erneut die Klinge seines Springmessers aufblitzen. Der Audi hatte nun die Kreuzung und unsere Fahrräder erreicht und bremste stark ab. Dann hielt er tatsächlich mitten an der Kreuzung an und machte den Motor aus.

»Der hält tatsächlich an! Das glaube ich jetzt nicht! Was will der bloß?«

Ich bekam es nun auch mit der Angst zu tun. Dicht hinter mir keuchte Lev seinen Atem in meinen verschwitzen Nacken.

»Da! Er macht die Tür auf!«, flüsterte Lev mir ängstlich zu. Ich konnte meinen Augen kaum trauen.

»Verdammt nochmal, was läuft denn hier?«

Mir rutsche das Herz in die Hose. Aus dem Wagen stieg ein normal großer, aber dicklicher Mann mit Halbglatze und schaute sich auf der Kreuzung um. Dann betrachtete er unsere Fahrräder. In seinen Händen hielt er irgendeinen Gegenstand. Ich konnte nicht erkennen, was.

»Wenn wir im Dunkelfeld stehen bleiben, kann er uns nicht sehen, Lev. Wir müssen nur absolut still bleiben.«

Wir zitterten beide. Plötzlich war uns nicht mehr warm, sondern eiskalt. Um uns herum war es stockdunkel. Nur vor uns, mitten auf der erleuchteten Kreuzung, spielte sich ein schlecht gemeinter Scherz ab. Dann fuhren wir beide heftig zusammen. In einer schmierigen, rauen Stimme stammelte der Mann einzelne wirre Sätze und lief unruhig um seinen Wagen.

»Verdammt nochmal ..., wo sind die beiden denn nur hin? Gerade eben haben sie doch noch da gestanden ... Verdammt nochmal, sogar die Fahrräder sind noch da. Weit können sie aber gar nicht sein.«

Lev und ich hielten uns den Mund zu, um bloß keine Geräusche von uns zu geben. Wir zitterten noch immer. Es kam uns vor wie im falschen Film.

Vor uns lag die erhellte Kreuzung, auf der eine perverse Person auf und ab ging und die allem Anschein nach uns suchte. Und hinter uns erstreckte sich der Molkenkurweg in den düsteren Wald, der hier und dort unheimliche Geräusche von sich gab.

So war der nächtliche Fahrradausflug sicher nicht geplant gewesen. Der Mann lief nochmals um seinen Wagen und stieg dann endlich wieder ein. Ohne noch weiter zu warten, startete er wieder den Motor und fuhr den Wolfsbrunnenweg zügig hinab.

Es war wieder Stille. Für einen Moment blieben wir noch regungslos stehen, bis wir sicher sein konnten, dass wir wieder allein waren. Wir atmeten beide entspannt aus und rüttelten uns erleichtert gegenseitig an den Schultern.

»Gott sei Dank! Was war denn das jetzt, bitteschön? Was hat denn der Freak von uns gewollt?«

Lev boxte mir grob in die Seite, dass es ziemlich wehtat.

»Und du sagst noch großspurig zu mir, ich muss mir hier keine Gedanken machen und vor nichts Angst haben. Klasse, und wie! Das Beispiel haben wir soeben gesehen.«

Lev stampfte erregt zur Kreuzung und zu unseren Fahrrädern hinunter. Ich hielt mir noch kurz die schmerzende Seite und ging ihm dann nach.

»So etwas kann ich doch nicht wissen, dass das passiert. Ich habe so etwas auch noch nie zuvor erlebt. Das kann doch überall passieren. Deshalb brauchst du doch nicht vor allem und jedem Angst zu haben.«

»Nein. Aber es zeigt mal wieder, dass es überall kranke Menschen gibt und man niemandem wirklich trauen kann, du Idiot. Los, lass uns von hier verschwinden.«

Wir stiegen beide auf unsere Fahrräder. Ich gab Lev keine Widerrede mehr. Für einen kurzen Moment lauschten wir noch einmal in die Nacht hinein und blickten den Schloß-Wolfsbrunnenweg hinab, wohin der Mann davongefahren war.

Es war nichts mehr zu hören.

»Los, lass uns fahren. Wieder heim. Wir waren genug an der frischen Luft«, sagte Lev zu mir und trat in seine Pedale. Klasse. Vermutlich hatte ich nun genau das Gegenteil von dem erreicht, was Lev doch eigentlich ablenken sollte. Vermutlich machte er sich nun noch mehr Gedanken.

Wir fuhren zügig zurück in die Stadt und schossen die steilen Straßen hinab. Als wir wieder in die neue Schloßstraße einfuhren, passierten wir nochmals einen kleinen Parkplatz am unteren Ende des Wolfsbrunnenweges. Sofort erkannten wir beide dort am Straßenrand den silbernen Audi A4 wieder. Der Wagen parkte dort in aller Ruhe. Auf dem Fahrersitz der seltsame Mann. Er beobachtete dort ungeniert ein junges Pärchen, welches sich auf der von ihm aus anderen Straßenseite die nächtliche Aussicht auf Heidelberg ansah. Im nächsten Augenblick waren wir auch schon an ihm vorbeigefahren. Wir machten keinen Stopp. Wir wollten nur schnellstmöglich zurück in die Wohnung und den Vorfall wieder vergessen.

Wir fuhren in normalem Tempo die Friedrich-Ebert-Anlage, diesmal in korrekter Fahrtrichtung, entlang.

»Hast du denn keine Angst, wenn du so unterwegs bist?«, fragte mich Lev nachdenklich.

»Angst? Vor was denn? Normalerweise bin ich ja auch nicht mitten in der Nacht unterwegs. Aber tagsüber habe ich natürlich keine Angst. Und du solltest es auch nicht, Lev. Es gibt keinen Grund, Angst zu haben. Das Leben ist zu schade dafür.«

»Und wenn doch mal etwas passiert? Ich selbst bin für einen solchen Fall immer vorbereitet. Hast du denn nie eine Waffe oder sonst etwas dabei? Ich meine nur für den Fall?«

Ich schaute Lev ungläubig an.

»Natürlich habe ich keine Waffe dabei. Vielleicht manchmal ein kleines Taschenmesser. Mehr aber auch nicht. Wozu auch?«

»Wie gesagt, nur für den Fall. In Donezk bin ich nie unbewaffnet unterwegs.«

Wir fuhren über den Bismarckplatz auf die Bergheimer Straße.

»Ja, aber in Deutschland kannst du auch nicht einfach mit einer Waffe herumlaufen und Selbstjustiz anwenden. Da bist ganz schnell du derjenige, der eingesperrt wird. Bei euch mag das vielleicht gehen und üblich sein. Aber nicht hier.«

»Kannst du dich noch an Polen erinnern, Paul? Wie wir uns aus dem Staub gemacht haben. Da hatten wir immer eine Waffe dabei.«

Ich grinste Lev verlegen an.

»Ja, aber das war ja auch eine andere Situation und eine ganz andere Zeit. Hast du denn die Pistole noch?«

Lev fuhr mit seinem Fahrrad in kleinen Slaloms.

»Ja klar. Ich habe sie daheim in meiner Wohnung versteckt. Hierher konnte ich sie ja nicht einfach mitnehmen.«

Ich dachte nun an die Zeit in Polen zurück. Es war bereits fünf Jahre her.

»Das letzte Mal, als ich mit einer Pistole geschossen habe, war tatsächlich damals in Polen. Ich habe mit ihr in jener Zeit einen Polizeihund erschossen. Es ist alles passiert, bevor wir uns kennengelernt haben, wie ich dir schon einmal erzählt habe. Du kennst die Geschichte ja. Seit meiner Gefängnisstrafe habe ich nie wieder eine Pistole in der Hand gehalten. Ich hoffe, das bleibt auch so.«

Nun war Lev es, der lachte.

»Hab dich nicht so, Paul. Es ist doch nichts dabei.«

»Doch, Lev, es ist was dabei. Aber das ist wahrscheinlich ein Thema, das du diesmal nicht verstehen kannst. In Heidelberg brauchen wir keine Waffen im Alltag. Der Mensch sollte ohne Waffen leben können.«

Als wir wieder an der Wohnung angekommen waren, war es bereits kurz nach vier Uhr morgens. Uns beiden ging es nach dem Schreck wieder sichtlich besser und die Angst war verflogen.

»Super, Paul. Sofern man nicht unbedingt auf irgendwelche perverse Menschen trifft, werde ich das gerne wiederholen. Wären wir daheim geblieben, wäre der Abend sicher nicht viel besser gewesen.«

»Gerne. Bewegung und frische Luft sind immer gut. Aber du wirst auch nicht immer anderen Menschen aus dem Weg gehen können. Auch wenn es komische Menschen sind.«

Wir trugen die Räder wieder in den Keller.

»Ich weiß. Misstrauen werde ich ihnen allen weiterhin. Ich habe einfach zu viel Schlechtes im Menschen erlebt.«

»Irgendwann musst auch du wieder unter Menschen gehen. Am besten, du suchst dir eine neue Aufgabe. Oder ich nehme dich mal regelmäßig mit auf die Arbeit. Ich weiß, vieles war schlimm, was du in Donezk gesehen und erlebt hast, und dein Misstrauen gegenüber anderen ist groß. Aber wie du siehst, tut es dir gut, wenn du rauskommst und es gibt dir Ablenkung. Du brauchst eben nur die richtigen Leute.«

»Ich weiß, Paul. Es ist immer einfacher gesagt als getan. Eine neue Aufgabe suche ich mir auf jeden Fall.«

Kapitel 6

Da wir oft über das Thema Arbeit oder besser gesagt neue Aufgaben für Lev gesprochen haben, erläuterte er mir nach und nach auch, dass er dieses Thema für sich schon nach Kriegsbeginn angestoßen hatte. Ohne Lebensaufgabe oder überhaupt irgendeine Aufgabe oder Beschäftigung würde er ansonsten im Alltag in Donezk noch verrückt werden.

Schließlich erklärte er mir die genauen Details, und um was es sich dabei handelte. »Nachdem ich die Werkstatt mit meinem Bruder geschlossen hatte, suchte ich wie gesagt nach einer neuen Aufgabe für mich. Denn im Krieg benötigte von uns niemand eine Werkstatt, die Autos repariert oder verkauft. Da hatte man ganz andere Sorgen. Entweder die Fahrzeuge fuhren oder sie waren eben unbrauchbar. Beschädigungen an Karosserie oder Lack störten hier niemanden. Zudem hatte die Nachfrage sowieso stark abgenommen, da viele die Stadt ohnehin nach und nach bereits verlassen hatten und der Verkehr dadurch deutlich weniger geworden war. Mein Bruder verließ die Stadt ebenfalls und hat sich mit seiner Freundin in Mariupol bei guten Bekannten niedergelassen. Ich hingegen blieb und schaute auf das zurück, was einmal war. Auf die schönen Zeiten. Ich habe mir überlegt, was die Menschen in der Stadt und in solchen Zeiten eigentlich wirklich brauchen. Ich habe mich deshalb mit einigen Freunden zusammengetan und wir machten uns darüber Gedanken. Klar war uns allen, dass es der Stadt an Versorgung und Infrastruktur fehlte. Aber was konnten wir dagegen schon ausrichten? Entweder die Straßen waren frei und der Verkehr floss, oder sie waren am nächsten Tag wieder blockiert und nichts ging mehr voran. Ebenso war es mit der Versorgung. Sei es Strom, Wasser, Lebensmittel oder Arzneimittel. Wir haben gerne dabei geholfen, wenn es denn überhaupt möglich war, die Versorgungsmittel auszuliefern. Aber ging die Versorgung zur Neige, dann standen auch wir da und warteten. Ein weiteres Problem war, dass durch den Konflikt immer mehr Arbeitsplätze verlorengingen oder die ansässigen Firmen ihre Produktion drosselten. So auch das Donezker Hüttenwerk und die gesamte Stahlindustrie in unserer Region. Das Hüttenwerk DMZ in der Stadt hatte die Produktion sogar ganz einstellen müssen. Zudem gab es auch einzelne Beschädigungen auf dem Werksgelände. Du kannst dir ja vorstellen, was das für die Arbeiter hier bedeutete.«

Lev zeigte mir einzelne Fotos vom Werk. Wie ein gigantischer Koloss lag es mitten in der Stadt und überragte mit seinen Schloten und Werkshallen alles andere in der direkten Umgebung. Nur die Hochhäuser im Zentrum Donezks wirkten ähnlich markant.

»Was sollten wir also tun, angesichts dieser Probleme? Dass wir die Stadt nicht einfach verlassen würden, war von Anfang an klar. Wenn nun auch noch der Rest von uns abhauen würde, was sollte denn dann aus der Stadt werden? Irgendjemand musste sich doch darum kümmern und die Beschädigungen beseitigen und beim Wiederaufbau helfen. Flüchten und weglaufen ist deshalb für uns keine Option gewesen. Nie. Wir haben deshalb die Idee aufgenommen, dass es für die Menschen hier ebenfalls wichtig war, für Ablenkung und Zusammenhalt zu sorgen. Eine neue Perspektive sozusagen. Ebenso, wie ich eine Aufgabe und Perspektive benötigte. Ablenkung und Zusammenhalt schafft man für die Menschen am einfachsten entweder durch gesellschaftliches Miteinander in einer Art Gruppe oder Partei, oder durch Sport.«

Lev zeigte mir weitere Bilder der Stadt und einzelner seiner Freunde.

»Wir haben deshalb die Räumlichkeiten eines ehemaligen Restaurants so umgebaut, dass wir den Menschen, den Nachbarn und vor allem auch den jungen Leuten einen neuen Treffpunkt geben können. Dort kann man sich einfach nur treffen, um zu erzählen, zu diskutierten, Billard zu spielen oder auch, um Sport zu machen. In einem großen Saal haben wir ringsum an Metallschienen Boxsäcke aufgehängt, an welchen die Leute trainieren oder sich abreagieren können. Wir haben sogar in der Mitte des Saales einen kleinen Boxring für Wettkämpfe aufgebaut. Wir nennen unseren Treffpunkt einfach nur die Trainingshalle. Jedem in der Stadt ist das ein Begriff und wir sind gut angenommen.«

»Das ist ja unglaublich, Lev. Wenn das alles so stimmt, glaube ich, dass ihr damit wirklich für viele eine echte Hilfe seid. Allein dafür habt ihr eine Auszeichnung verdient. So etwas mitten im Krieg aufzubauen und zu organisieren.«

Ich blätterte die Fotos durch.

Lev hustete. »Ja. Wie gesagt, für die meisten Besucher ist es einfach nur eine Ablenkung, bevor es für sie wieder hinaus in den Alltag geht. Das Problem ist nur, dass wir sehr unregelmäßig geöffnet haben. Es kommt immer wieder zu teils schweren Beschädigungen, die es uns nicht erlauben, den Laden zu öffnen. Oder wir müssen ihn auf Anweisung der Behörden einfach geschlossen lassen. Das Stadion unseres Fußballvereins Schachtar Donezk ist übrigens ganz in der Nähe. Auch dort wurde seit den Kämpfen nicht mehr gespielt. Man war auf andere Stadien wie Lwiw oder sonst wo ausgewichen. Wie du siehst, sind es solche Dinge, die das öffentliche Leben zum Erliegen kommen lassen, und weshalb es umso wichtiger für die Menschen in der Stadt ist, dass für Zusammenhalt und Perspektive gesorgt wird.«

Levs Wille und seine Loyalität zu seiner Heimat beeindruckten mich immer mehr. Fast schon selbstlos setzte er sich für seine Idee ein, auch wenn er selbst durch den Krieg alles verloren hatte, was er sich je aufgebaut hatte. Zu keinem Zeitpunkt klang er deswegen wehleidig oder verlor seinen Mut. Er blickte stets zuversichtlich in die Zukunft, auch wenn er mit noch so großen Rückschlägen und Problemen zu kämpfen hatte.

An einem sehr frühen Mittwochmorgen, als es draußen gerade erst richtig hell geworden war, erreichte uns eine schreckliche Nachricht aus Mariupol, die uns den Konflikt plötzlich wieder ganz nah erschienen ließ. Und das mitten im friedlichen Heidelberg. Lev hatte sie kurzerhand auf sein Smartphone geschickt bekommen, ließ es dann wortlos auf dem Küchentisch liegen und schloss sich für den Rest des Vormittags in meinem Schlafzimmer ein.

Ich hatte daraufhin Isabel um Hilfe gerufen, aber Lev machte keine Anzeichen, mit uns zu sprechen zu wollen und ließ die Tür geschlossen. Als wir die Nachricht dann selbst gelesen hatten, stockte uns der Atem. Es war wie ein Faustschlag. Levs Bruder war in Mariupol durch einen Scharfschützen angeschossen worden. Er erhielt eine Kugel in das Kniegelenk und eine weitere in einen Lungenflügel. Er verstarb wenige Stunden später im Spital.

So schnell hatte der Krieg Lev auch hier, im fernen Heidelberg, wieder eingeholt. Es war unfassbar.

Gegen Mittag schloss er die Tür zum Schlafzimmer endlich wieder auf, sodass ich mit ihm reden konnte. Lev saß regungslos auf dem Bett und schaute gebannt aus dem Fenster hinaus. Er musste geweint haben. Seine Augen waren gerötet und er war absolut bleich.

Ich setzte mich neben ihn. »Es tut mir so leid, Lev.«

Lev schaute weiterhin zum Fenster hinaus. Er reagierte nicht auf mich, sondern beobachtete emotionslos eine kleine Blaumeise, die draußen an einem Baum in akrobatischen Bewegungen nach Insekten suchte. Er machte nicht den Eindruck, reden zu wollen.

»Wenn wir irgendetwas für dich tun können, dann sag uns bitte Bescheid.«

Ich stand wieder von der Bettkante auf und hatte das Schlafzimmer schon fast wieder verlassen, als Lev sich zu mir umdrehte. »Es ist schon okay. Danke, Paul.«

Ich blieb in der Tür stehen. »Kann ich irgendetwas für dich tun?«

»Nein. Es ist alles okay. Es ist nur so, irgendwie habe ich das alles kommen sehen. Ich habe es geahnt, dass ihm eines Tages etwas passieren würde. Er hätte weggehen sollen. Wie Emilia. Oder bei mir in Donezk bleiben sollen. Mit dem Scheißkrieg spaßt man einfach nicht.«

Ich wusste nicht, was ich zu Lev sagen sollte. Also stand ich einfach nur da und starrte ihn an.

»Das schlimmste ist aber, Paul, dass ich mich gar nicht richtig von ihm verabschieden konnte. Wir sind damals alle so überstürzt unsere eigenen Wege gegangen.«

Ich räusperte mich. »Was willst du nun machen?«, fragte ich ihn mit brüchiger Stimme.

»Ich weiß es auch nicht. Ich werde wahrscheinlich zurück nach Donezk gehen. Emilia braucht mich jetzt.

Meine Eltern bestimmt auch. Auch wenn sie längst in Kiew wohnen.«

»Ja. Da hast du Recht, Lev. Das tun sie bestimmt. Aber willst du wirklich zurück nach Donezk? Wenn, dann eher nach Kiew.«

Er gab mir keine Antwort mehr. Ich schloss leise die Tür hinter mir, als ich ging.

Isabel und Steffen waren ebenfalls schockiert von der Nachricht. Beide konnten Levs Entschluss zurückzufliegen deshalb sehr gut nachvollziehen. Anschließend fragten sie mich aus, was ich nun zu tun gedächte. Ich war überrumpelt. So, als setze man mir die Pistole auf die Brust.

»Ich kann unmöglich mit ihm nach Donezk fliegen«, keuchte ich erregt.

»Warum nicht? Du bist doch schon einmal mit ihm dort gewesen. Zudem kann er dich als Freund jetzt sehr gut brauchen. Mehr als jeden anderen.«

Ich schüttelte den Kopf und wischte mir mit einer Hand über das Gesicht. »Ja, ich weiß. Aber damals war auch noch kein Krieg. Ich bin doch nicht verrückt und fahre mitten in ein Kriegsgebiet.«

»Was heißt denn verrückt, Paul? Lev geht auch dorthin zurück. Auch ihm ist das sehr wohl bewusst. Es heißt ja nicht, dass jeder von euch ein Gewehr in die Hand gedrückt bekommt und ihr beide an die Front loszieht. Die ganze Zeit, seit Lev in Heidelberg ist, beschwerst du dich, dass niemand hilft und wie schlimm es doch in Donezk ist. Jetzt, wo du selbst mit ihm hinfahren solltest, bekommst du plötzlich Angst und kneifst. Dann darfst du dich auch nicht beschweren.«

Ich ließ mich auf die Couch fallen und stütze meinen

Kopf mit beiden Händen ab. Angespannt fuhr ich beide an: »Was soll ich denn genau machen eurer Meinung nach? Ich kann doch hier nicht einfach weg.«

»Fahr mit ihm nach Donezk und biete ihm und seinen Freunden Hilfe an. Das ist doch das, was du die ganze Zeit immer machen wolltest. Lev kann dich gebrauchen. Dass Donezk nicht mehr wie Heidelberg ist, ist uns klar. Es ist aber auch nicht so, dass ihr Tag für Tag im Luftschutzkeller ausharren müsst. Du hast doch hier keine Verpflichtungen, Paul. Für dich ist es ein leichtes, Heidelberg zu verlassen und woanders die Zelte aufzuschlagen. Lev freut sich bestimmt über deine Hilfe ...«

Plötzlich stand Lev tatsächlich im Wohnzimmer und schaute uns alle drei an. Er hatte die Wohnungstüre geöffnet und war zu uns hereingekommen, ohne dass wir ihn während unserer Diskussion bemerkt hatten. Ein Glück, dass er kein Deutsch verstehen konnte, oder zumindest nur einzelne Worte und erst recht keinen Kurpfälzer Dialekt. Er wechselte ins Englische. »Was besprecht ihr denn hier? Ihr sprecht über Donezk und mich?«

Wir schwiegen uns alle an. Dann unterbrach Steffen die unangenehme Stille und übersetzte ihm unsere Diskussion.

»Es war nur ein Gedanke, Lev. Natürlich nur, wenn es dir hilft. Oder was sagst du dazu?«

Levs Blick wechselte von Steffen zu mir.

»Natürlich würde ich mich darüber freuen, wenn du mitkommen würdest. Es wäre bestimmt toll, und wir können jede Hilfe gut gebrauchen. Aber überlege es dir genau, Paul. Es ist nicht mehr dasselbe Donezk wie früher.« Lev schluckte. Ich tat es ebenfalls.

»Ich mache dir keinen Vorwurf, wenn du nicht mit dorthin willst. Es ist deine Entscheidung.«

Lev ging wortlos an uns dreien vorbei ins Schlafzimmer und schloss die Tür hinter sich.

»Und, was habe ich dir gesagt? Er freut sich sehr wohl, wenn du mitkommen würdest«, flüsterte Steffen mir zu. Ich saß benommen auf der Couch und schaute in die erwartungsvollen Gesichter von Isabel und Steffen. Mir gingen tausend Gedanken durch den Kopf. Alles um mich herum fing an, sich zu drehen und mein Herz hämmerte.

»Was soll's. Was habe ich denn eigentlich zu verlieren? Wenn ich Lev damit helfen kann, dann ist es nun mal so. Lasst mich vorbei, dann spreche ich mit ihm darüber.«

Kapitel 7

Mit dem Zug machten wir uns schließlich auf, von Heidelberg nach Frankfurt am Main, zur ukrainischen Botschaft. Dort hatte Lev zuvor einen Termin zur Beantragung eines Privatvisums ausgemacht. Als EU-Bürger könnte ich für maximal 90 Tage in die Ukraine einreisen. Für einen längeren Zeitraum benötigte ich eben jenes Privatvisum, das mich dazu berechtigte, das Land zu bereisen, um dort Freunde oder Verwandte zu besuchen. In diesem Fall eben Lev.

Wir planten einen Aufenthalt von nicht länger als einem halben Jahr für mich. Da Lev als ukrainischer Staatsbürger bei dem Gespräch mit anwesend war, wurde die Prozedur um den Antrag für mich extrem vereinfacht.

Ich benötigte lediglich einen gültigen Reisepass, ein aktuelles Passfoto für den Antrag sowie ein ausgefülltes Antragsformular für das Visum. Auf diesem waren meine persönlichen Daten, der Grund der Einreise sowie Levs Personaldaten vermerkt, da er die Person war, die mich eingeladen hatte und bei der ich wohnen würde. Zudem wurde von mir bestätigt, dass ich in Deutschland einer beruflichen Anstellung nachging und dass sämtliche Reisekosten und die Lebenshaltungskosten während des Aufenthalts von mir selbst getragen wurden. Auf diese Weise sollte ich für die Ukraine keine besondere Belastung darstellen.

Unabhängig vom Visaantrag wurden wir mehrmals darauf hingewiesen, dass bei Reisen in die Ostukraine, insbesondere in die Gebiete Donezk und Luhansk, um besondere Vorsicht gebeten wurde. Der Botschaftsmitarbeiter nahm ein zweiseitig bedrucktes Blatt mit Reise- und Sicherheitshinweisen zur Hand und teilte uns in einer monotonen Stimme mit, dass im Osten der Ukraine seit dem Frühjahr 2014 bewaffnete Auseinandersetzungen stattfänden. Teile dieser Verwaltungsbezirke seien derzeit nicht von der ukrainischen Regierung, sondern von separatistischen Kräften kontrolliert. Die ukrainischen Streitkräfte und die bewaffneten Kräfte der Aufständischen stünden sich an der sogenannten »Kontaktlinie« gegenüber, an der es täglich zu Kampfhandlungen kommen würde. Vor Reisen in die nicht von der ukrainischen Regierung kontrollierten Gebiete der Verwaltungsbezirke Donezk und Luhansk würde besonders gewarnt. Sie unterlägen nach ukrainischem Recht einem speziellen Zugangsregime.

Konsularischer Schutz könne deutschen Staatsangehörigen dort angesichts der aktuellen Lage derzeit ausdrücklich nicht gewährt werden. Vor Reisen in die von der Regierung kontrollierten Gebiete entlang der sogenannten »Kontaktlinie« würde ebenfalls ausdrücklich gewarnt.

Wir schauten uns nach den abgelesenen Worten des Botschaftsmitarbeiters gegenseitig an.

»Sehr diplomatisch formuliert«, schmunzelte Lev ihn an. »Aber glauben Sie mir, ich weiß selbst sehr genau, wie es dort aussieht und was dort alles passiert. Ich komme immerhin aus Donezk, wie Sie ebenfalls in meinem Reisepass ablesen können.«

Der Mitarbeiter schaute Lev mit großen Augen an und wünschte uns schließlich alles Gute.

Nach zehn Tagen war mein Antrag zur Einreise bearbeitet und genehmigt und wir konnten schließlich unsere Sachen packen. Wie gewohnt passten meine sämtlichen wenigen Kleidungsstücke und Gegenstände, die ich überhaupt besaß, in einen kleinen Koffer. Bei Lev war es genauso. Es kam mir so vor, als würden wir unsere Sachen für eine Art Überlebenstraining zusammenpacken.

Lev hingegen machte keine Witze darüber. »Du wirst der Wahrheit noch früh genug ins Gesicht schauen müssen, Paul. Vergiss nie, dass es ein Krieg ist.«

Ich schluckte.

Dann verließen wir Heidelberg.

Steffen und Isabel fuhren uns mit ihrem Auto nach Frankfurt an den Flughafen. Dort verabschiedeten wir uns.

»Passt gut auf euch auf! Und du, Paul, komm gesund wieder zurück!«

»Machs gut, Lev, es war schön, dich kennengelernt zu haben!«

Zwei Stunden später startete unser Flug. Da der internationale Flughafen in Donezk lange nicht mehr in Betrieb war, waren wir auf den Flughafen in Saporischschja in der Oblast Zaporizhia ausgewichen. Es war derselbe Flughafen, von dem aus Lev hergekommen war.

Wir waren um 7 Uhr morgens in Frankfurt am Main gestartet und hatten einen über fünfstündigen Flug vor uns. Dazu kam die Wartezeit. Das lag daran, dass wir einmal in Warschau umsteigen mussten. Ein Direktflug von Frankfurt an den internationalen Flughafen in Saporischschja war nicht vorgesehen. Der Flug erwies sich als anstrengend und zog sich. Trotzdem hatten wir ihn irgendwann endlich überstanden.

Trotz meines langfristigen Visums für den Aufenthalt in

der Ukraine, durch welches ich im Gegensatz zu den meisten anderen Reisenden eine Ausnahme darstellte, kamen wir an den Kontrollen schnell und ohne größere Probleme durch. Lev konnte mir die meisten Erklärungen und Diskussionen mit dem Sicherheitspersonal abnehmen. Kontrolliert wurden wir dennoch akribisch. Wäre ich hingegen alleine gereist, so wäre mir wahrscheinlich die eine oder andere Hürde mehr in den Weg gelegt geworden.

Um etwa vier Uhr nachmittags hatten wir den Flughafen in Saporischschja verlassen. Von dort aus ging es mit dem Auto weiter ostwärts, direkt in das Herz des Donbass.

Yuriy, ein sehr guter Freund von Lev, hatte uns direkt am Flughafen mit dem Auto abgeholt. Sie begrüßten sich gegenseitig herzlich und freuten sich, sich endlich wiederzusehen.

Anschließend stelle Lev mich vor. Yuriy gab mir einen festen Händedruck und begrüßte mich ebenfalls. Er warf mir einige Worte an den Kopf und lachte dabei immer freundlich, auch wenn ich nicht verstand, was er mir da sagte.

Es ging weiter. Lev unterhielt sich ununterbrochen mit Yuriy. Ich konnte keine einzige Silbe verstehen.

Die lange Fahrt und überhaupt die gesamte Strecke nach Donezk waren für mich sehr gewöhnungsbedürftig. Es war kaum mit einer Fahrt auf einer deutschen Autobahn zu vergleichen. Die Straße glich eher einer zweispurigen Landstraße und war in sehr schlechtem Zustand. Als Standstreifen diente, wenn überhaupt einer vorhanden war, eine unbefestigte Erdfläche mit tiefen Schlaglöchern.

Generell waren die Straßen hier in einem sehr schlechten Zustand. Ebenso, so schien es, wurden die Grünflächen direkt an der Straße überhaupt nicht gepflegt oder von der Straßenmeisterei kontrolliert. Das Gras am Fahrbahnrand war so hoch, dass es an einigen Stellen schon auf den Asphalt fiel. Bäume und Sträucher ragten hier und dort weit auf den unbefestigten Standstreifen hinein. Es schien, als führte die Straße ins Nirgendwo.

Der laute Motor des Lada dröhnte ununterbrochen. Mit der Zeit kamen uns immer weniger andere Fahrzeuge entgegen. Es wurde zusehends ruhiger und je weiter wir fuhren, desto aufgeregter wurde ich.

Wir waren in der Oblast Donezk angekommen und durchfuhren einen offenen Kontrollpunkt. Zudem fiel mir hier auf, dass viele Fahrzeuge überhaupt kein Kennzeichen mehr trugen, oder wenn, dann eines in den russischen Nationalfarben.

»Das liegt daran, dass viele Fahrzeughalter ihre alten ukrainischen Kennzeichen entsorgt haben. Nach der Gründung der Volksrepubliken Donezk und Luhansk sollte es für die Bevölkerung eigentlich auch neue Kennzeichen geben. Manche haben die neuen montiert, manche die alten. Andere gar nichts. Du weißt ja, wie das hier ist, Paul«, erklärte mir Lev.

»Ähm, nein«, antwortete ich verwirrt. »Woher soll ich überhaupt etwas von hier wissen? Man kann doch nicht einfach ohne Kennzeichen fahren?«

Lev zog die Augenbrauen nach oben und drehte sich zu mir nach hinten auf die Rückbank um. »Die Volksrepubliken werden international doch nicht anerkannt. Deshalb kann man sich eigentlich auch das neue Kennzeichen sparen. Je nachdem, wo man eben hinfahren will.«

Ich schaute kopfschüttelnd aus dem Fenster. Die Aufregung stieg.

Nach etwa 200 Kilometern Wegstecke und über vier Stunden Fahrt sowie einer Kontrolle hatten wir die ersten Vororte der Stadt Donezk erreicht. Wir fuhren in den Petrovsky Distrikt ein.

Noch war für mich nichts Ungewöhnliches festzustellen. An der Landschaft konnte ich aber ablesen, dass hier die Schwerindustrie ansässig war. Einladend sah etwas anders aus. Vieles war grau und heruntergekommen.

Als wir in den Kirovsky Distrikt einfuhren, gerieten wir schließlich in die erste große Verkehrskontrolle. Besser gesagt war es eine militärische Straßensperre. Im Schritttempo reihten wir uns langsam ein. Auf der pfeilgeraden Straße hatte man auf jeder Fahrbahn Betonpoller aufgestellt. Die Fahrzeuge mussten so im Slalom die Hindernisse umfahren und dabei deutlich die Geschwindigkeit reduzieren. Schließlich wartete die Autoschlange am Ende der Sperre vor einem Dutzend Soldaten der Volksrepublik Donezk, die jedes Fahrzeug einzeln zu sich winkten und kontrollierten.

Hinter den Soldaten stand breit und bedrohlich ein Panzer auf der Fahrbahn und richtete seinen Geschützturm auf die wartenden Fahrzeuge. Auf dem Panzer saßen weitere Soldaten.

Es war das erste Mal in meinem Leben, dass ich einen Panzer, der zu rein militärischen Zwecken im Einsatz und gefechtsbereit war, gegenüberstand. Ich wurde nervös.

Die kontrollierten Fahrzeuge fuhren langsam über den unbefestigten Seitenstreifen hinter der Straßensperre am Panzer vorbei, wo die Fahrt für sie schließlich weitergehen konnte.

Auf der Gegenfahrbahn spielte sich dasselbe Szenario ab. Ich beobachtete einen LKW, der langsam die Sperre umfuhr und durch die tiefen Schlaglöcher im Seitenstreifen mächtig hin und her geschleudert wurde. Für die Verkehrsteilnehmer war das hier aber anscheinend nichts Besonderes, sondern Normalität.

Yuriy gab langsam Gas und rollte auf die bewaffneten Soldaten zu. Noch aber war ein anderes Fahrzeug vor uns. Ich wurde unruhig. Um den Wagen vor uns kümmerten sich zwei Soldaten.

Einer sprach mit dem Fahrer und schaute in das Seitenfenster hinein, während der andere um den Wagen schlenderte.

Ein dritter Soldat hatte bereits unser Fahrzeug, unser Kennzeichen und uns als Insassen in Augenschein genommen. Er beobachtete uns mit zusammengekniffenen Augen, war aber vollkommen ruhig.

»Verdammt, Lev, was ist, wenn die mich was fragen? Ich versteh doch kein Wort.«

Ich musterte die Soldaten. Jeder von ihnen war mit einer Maschinenpistole bewaffnet, trug einen Helm und eine schusssichere Weste.

»Verdammt nochmal, Lev!«, ich stieß ihn an. Lev drehte sich zu mir nach hinten um.

»Bleib einfach ganz ruhig und sag nichts. Wir reden mit dem Soldaten. Du machst gar nichts, dann passiert auch nichts. Hast du verstanden?«

Ich folgte seinen Anweisungen. Lev musterte nun ebenfalls die beiden Soldaten.

»Sie werden dich nichts fragen. Halte für den Notfall einfach nur deinen Pass bereit. Da Yuriy und ich in Donezk wohnen, bekommen wir auf keinen Fall irgendwelche Probleme.«

Der dritte Soldat winkte uns nun vor. Der Wagen vor uns

schaukelte über den unbefestigten Seitenstreifen. Ich schluckte. Yuriy ging von der Bremse und gab langsam Gas.

Der Soldat wurde von uns überholt und nahm sich das Fahrzeug hinter uns vor. Dafür bekamen wir es nun mit den anderen beiden kontrollierenden Soldaten zu tun. Der eine auf meiner Seite schaute sofort durch das Seitenfenster zu mir herein. Ich schaute ihn nicht an, sondern saß regungslos auf der Mitte der Rückbank und blickte zwischen Lev und Yuriy durch die Frontscheibe hindurch und hatte stur das Panzerfahrzeug vor uns fixiert.

Mein Herz schlug wie verrückt und mir wurde heiß. Der Soldat musterte mich, dann checkte er mit seinem Blick die Rückbank, auf der ich saß. Anschließend wandte er sich langsam Lev auf dem Beifahrersitz zu und musterte ihn. Zugleich begann Yuriy durch das geöffnete Seitenfenster mit dem anderen Soldaten zu sprechen. Ich konnte keine Silbe davon verstehen und wollte es auch überhaupt gar nicht. Ich wollte nur schnell hier durch.

Yuriy zeigte dem Soldaten seine Papiere. Dieser überprüfte sie in aller Ruhe. Dann schaute er zu Lev und schließlich auch zu mir nach hinten. Er schien sich über uns zu erkundigen. Lev gab ihm Antwort und erklärte vermutlich, um wen es sich bei mir handelte. Ich schaute den Soldaten nun an und versuchte ein möglichst freundliches Gesicht zu machen.

Der schaute mir nur ausdruckslos in die Augen. Er hielt seinen Blick so lange, bis mir schließlich der freundliche Gesichtsausdruck verging und mir so heiß wurde, dass ich Schweißperlen auf der Stirn bekam. Ich wandte meinen Blick von ihm ab. Er gab Yuriy wortlos die Papiere zurück und winkte ab. Ohne Widerwort kam Yuriy dem Befehl nach und fuhr los. Wir passierten den Panzer und befuhren die Erdfläche am Fahrbahnrand.

»Gott sei Dank«, flüsterte ich erleichtert und schaute durch die Heckscheibe. Das nächste Fahrzeug wurde bereits kontrolliert.

»Dreh dich gefälligst wieder um, Paul! Verhalte dich doch einfach ganz normal. Es ist nichts Besonderes«, fuhr Lev mich an.

Ich schwieg. Wir wurden alle drei in unseren Sitzen hin und her geschleudert, als wir durch die tiefen, ausgefahrenen Schlaglöcher fuhren. Matsch spritze an die Scheibe. Dann konnte Yuriy den Wagen endlich wieder auf die Fahrbahn lenken und an Fahrt gewinnen.

»Alles gut«, sagte Lev schließlich. Er reichte mir eine Packung Zigaretten nach hinten. Ich griff zu und zündete mir eine an. Yuriy lachte, als er im Rückspiegel beobachtete, wie ich erleichtert einen kräftigen Zug nahm.

»Was hätte auch großartig passieren können. Wir wohnen schließlich in Donezk. Im schlimmsten Fall hätten sie uns einfach die Fahrt verweigert, dann hätten wir es irgendwann anders nochmal versuchen müssen.«

Yuriy kurbelte das Seitenfenster wieder hoch. »Scheiße, Mann. Beim Anblick der Soldaten und des Panzers kann man schon ziemliche Angst bekommen. Ein Glück, dass es vorbei ist.«

Ich wischte mir über die Stirn. Yuriy schaute mich über den Rückspiegel herausfordernd an.

Lev lachte. »Vorbei? Ich glaube nicht, Paul, dass es die einzige Kontrolle gewesen ist, in die wir hier noch geraten werden. Es ist immerhin Krieg hier. Du wirst bestimmt noch mehrmals in den Lauf einer Waffe sehen müssen. Und Angst haben darfst du ruhig. Wann siehst du bei dir in Heidelberg schon mal einen Panzer auf der Straße stehen? Das ist ganz gut so. Damit du ein wenig Respekt vor der Sache hier bekommst.«

Mir verging das Lachen erneut. Levs Worte wirkten nicht unbedingt beruhigend auf mich.

»Das ist kein Spiel hier«, sagte nun auch Yuriy ernst und in einem sehr schlechten Englisch zu mir. Er schaute mich wieder herausfordernd über den Rückspiegel aus an.

»Entschuldigung«, gab ich ihm leise zur Antwort, sodass er es wahrscheinlich aufgrund des Motorenlärms unseres Wagens überhaupt nicht verstehen konnte.

Wir fuhren weiter und kamen schließlich in den Leninsky Distrikt. Wie von Lev angekündigt, gerieten wir dort in die nächste Straßensperre. Die Szene wiederholte sich. Als wir auch diese Sperre durchfahren hatten, wurden wir auf dem Leninsky Prospekt vor einem kleinen Park, in dem ein Monument als Mahnmal für den Zweiten Weltkrieg stand, von einem Verkehrspolizisten angehalten. Yuriy und Lev diskutierten kurz mit ihm. Schließlich fuhren wir weiter.

»Er meinte, wenn wir heute nicht unbedingt müssen, sollten wir nicht weiterfahren. Alles auf eigene Gefahr.«

Ich versuchte, nicht weiter über diese Aussage nachzudenken und schaute weiter aus dem Seitenfenster. Yuriy fuhr weiter und parkte den Wagen schließlich in der Nähe eines großen Einkaufszentrums mit dem Namen »Kontinent«. Wir waren in der Innenstadt angekommen.

Als ich aus dem weißen Lada ausstieg, streckte ich mich zunächst einmal ausgiebig und bewegte meine von der langen Fahrt eingeschlafenen Beine. Sie schmerzten und waren beinahe taub geworden. Wir nahmen unser Gepäck aus dem Wagen und liefen los, zwischen den Häuserzeilen entlang. Es wurde allmählich Abend. Die Luft hier roch frisch und würzig.

Mir fiel sofort auf, dass verdächtig wenige Passanten auf der Straße unterwegs waren. Die Gebäude hingegen waren bunt und abwechslungsreich. Einmal passierte man ein zweistöckiges, gepflegtes und gemauertes Stadthaus mit Stuck und Sockel, dann wieder ein modernes Bürogebäude. Das nächste Gebäude hingegen war ergraut und wirkte sanierungsbedürftig. Überall blätterte Putz ab und die Fassade war mit Graffiti beschmiert. An den Stromanschlüssen lief der Rost die Wand herab.

Und dann waren da die vielen Holzhäuschen und Holzgaragen mit aufwändig geschnitzten Fensterrahmen. Einmal waren sie schön gestrichen. Ein anderes Mal aufgesprungen und verblasst. Viele Fenster und Eingänge zu Läden und Geschäften waren mit Holzplatten vernagelt. Auf Gehwegen und an Straßenrändern wehte Müll hin und her. Die Straßenlaternen und Oberleitungen waren auf brutalistisch groben Betonmasten montiert, wie ich sie aus Deutschland gar nicht kannte.

Die Stadt machte zwar einen interessanten, aber auch nicht unbedingt einen schönen Eindruck auf mich. Es erinnerte mich etwas an die heruntergekommene und schmuddelige Atmosphäre des Ruhrgebiets im Deutschland der 1980er Jahre. Blickte ich über die Dächer der Straße, so sah ich in der Ferne, ähnlich wie in Duisburg-Ruhrort oder Bottrop, ein dominant mitten aus der Stadt ragendes riesiges Hüttenwerk. Es war genau das Werk, das mir Lev zuvor schon auf Bildern gezeigt hatte. DMZ oder so ähnlich.

Brutal und ohne jegliches ästhetisches städtebauliches Empfinden wurde es mitten in die Stadt gebaut. Es wirkte wie ein riesiger rostfarbener Klotz, dessen Schornsteine und Schlote unablässig qualmten und deren Eisenbahnzufahrten zum Schienennetz ständiges Quietschen und Scheppern verursachten.

Ich registrierte auch an mehreren Ecken in der Stadt riesige Brachflächen, auf denen sich Berge aus Abraum auftürmten. Mittlerweile waren diese wild bewachsen und eingezäunt. Wahrscheinlich waren es Zeugnisse der Bergbau- und Stahlindustrie, wie sie im gesamten Donbass zu bestaunen sind.

Wir gingen weiter. An einer großen grauen Hauswand war mit Graffiti das übergroße Bildnis eines russischen Rockmusikers gesprüht. Darunter die russischen Buchstaben »перемен«, die sich »peremen« lasen.

Zu Deutsch bedeutete das Wort so viel wie Veränderung, Wandel oder Wende, wie mir Lev stolz und grinsend erklärte. Der Name des Musikers Viktor Tsoi ist mir dabei zuvor nie begegnet.

Wir hatten die ehemalige Werkstatt von Lev und seinem Bruder nun erreicht. Die Tore und Eingänge waren ebenfalls mit Brettern vernagelt. Neben und teils über dem Werkstattgebäude stand ein kleines Wohnhaus, in welchem Lev seine Wohnung hatte. Sie lag im zweiten Stock. Auch hier hatte man überall auf den Fenstersimsen eine Reihe Sandsäcke aufgebaut und versucht, die Fenster so gut es ging zu schützen.

Ich blickte noch einmal die Straßenzeile von rechts nach links entlang, bevor wir das Haus betraten. Die meisten Holzhäuser oder gemauerten Einfamilienhäuschen hier waren einstöckig gebaut. Lediglich die Wohnblöcke wiesen zwei oder mehr Stockwerke auf. Nur im Stadtzentrum von

Donezk gab es wesentlich höhere Gebäude und Hochhäuser aus Glas zu sehen.

Yuriy verabschiedete sich schließlich. Wir verabredeten uns für den nächsten Tag, nachdem Lev und ich uns etwas ausgeruht und erholt haben sollten. Dann gingen wir hinein.

Levs Wohnung war klein, aber für uns ausreichend. Die Luft in den Räumen war ungeheuer stickig. Immerhin war seit Monaten keiner mehr hier gewesen. Vom Fenster aus konnte man schön zur Straße und den anderen Gebäuden herabschauen. In der Ferne sah man einen riesigen, bewachsenen Erdhügel aus Abraum. In der anderen Richtung erkannte man die Schornsteine und Dächer des Hüttenwerks. Mit dem Fernglas konnte man bis zum westlichen Stadtrand schauen und erblickte bei gutem Wetter sogar etwas Wald und Felder.

»Willkommen in Donezk, Paul«, sagte Lev jetzt freudig und über das gesamte Gesicht strahlend. »Am besten, wir packen erst einmal in Ruhe aus, essen eine Kleinigkeit und anschließend schlafen wir etwas. Morgen mache ich dich dann mit den anderen bekannt und ich fahre danach weiter nach Kiew zu meiner Schwester.«

In einem Lebensmittelladen in der Nähe kauften wir eine Kleinigkeit für die nächsten Tage ein. Lev hatte über seine Abwesenheit hinweg keine Lebensmittel mehr in der Wohnung gehabt. Die Auswahl im Laden war dürftig.

Draußen wurde es langsam dunkel. Vielleicht bildete ich es mir nur ein, aber wenn ich genau hinhörte, konnte ich mit dem Wind das vereinzelte Donnern an der Kontaktlinie wahrnehmen. Levs Blick verriet mir, dass es keine Einbildung war.

»Nachts wird die Stadt hier zur Geisterstadt. Es ist besser, wenn man daheimbleibt«, erklärte er mir. »Generell haben schon, wie du selbst sehen kannst, viele Nachbarn die Stadt verlassen, nachdem die Kämpfe ab 2014 immer stärker geworden waren. Seit dem Minsker Abkommen ist es etwas ruhiger geworden und manch einer kommt wieder zurück.«

»Das erklärt dann auch die vielen geschlossenen und verbarrikadierten Läden hier. Schon ein komisches Gefühl, es jetzt in echt zu sehen.«

Ich schaute an den Gebäuden hinauf. Die vernagelten Eingänge und Fenster machten einen gespenstischen Eindruck. Die hier und dort, in regelmäßigen Abständen an der Straße angebrachten Werbetafeln wirkten dazu etwas grotesk und verstärkten diesen Eindruck umso mehr.

»Genau«, antwortete Lev. »Es besteht zudem jede Nacht eine Ausgangssperre zwischen 23 Uhr abends und 5 Uhr morgens. Wenn du keine gesonderte Genehmigung hast und trotzdem rausgehst, solltest du dich am besten nicht erwischen lassen.«

»Jede Nacht eine Ausgangssperre? Das ist ja schrecklich. Das ist ja wie im Gefängnis.«

»Ja, man ist dadurch schon eingeschränkt. In erster Linie soll es aber nun mal der eigenen Sicherheit dienen. Die Ausgangssperre hält uns aber nicht wirklich davon ab, nach draußen zu gehen. Wenn wir etwas zu tun haben, dann gehen wir eben. Du darfst dich eben wie gesagt nur nicht erwischen lassen. Das ist das Wichtigste.«

In der Ferne donnerte es erneut. Es waren Militärhubschrauber über der Stadt zu hören.

Wir waren wieder in Levs Wohnung angekommen. Während ich aß und mich anschließend hinlegte, telefonierte Lev noch eine Weile mit seiner Schwester Emilia und seinen Eltern. Er würde sie bald endlich wiedersehen und dann mit ihnen gemeinsam das Grab seines Bruders besuchen. Seinen Leichnam hatte man zuvor von Mariupol aus überführen lassen. Die Vorstellung davon muss schrecklich sein.

Mir gefiel es in Donezk nicht. Der erste Tag hier hatte keinen guten Eindruck auf mich hinterlassen. Ich hatte ein schlechtes Gefühl im Magen. Vielleicht wäre es doch besser gewesen, in Heidelberg zu bleiben. Unruhig schlief ich ein.

Kapitel 8

Am nächsten Morgen schliefen wir bis etwa neun Uhr aus. Ich hatte meine erste Nacht in Donezk sehr schlecht geschlafen, musste noch lange über alles nachdenken und konnte erst in den frühen Morgenstunden ein wenig Ruhe finden. Als ich aufwachte, brannten meine Augen und mir war unwohl. Ich hatte fast keinen Appetit.

Wir machten uns schließlich fertig, um die heutige Tagesplanung anzugehen. Lev nahm mich mit nach draußen, um mir die Stadt ein wenig zu zeigen. Danach machten wir uns zur Verabredung mit Yuriy auf, wo ich auch Levs andere Freunde kennen lernen sollte.

Das Wetter hatte sich mittlerweile im Vergleich zu unserer Ankunft gestern deutlich gebessert. Wir hatten strahlenden Sonnenschein und die frische Vormittagsstimmung ließ auf einen vielversprechenden Tag hoffen.

Lev ging mit mir von seiner Wohnung aus in nördliche Richtung durch die Innenstadt los. Wir kamen erneut an dem Kaufhaus »Kontinent« vorbei, an welchem uns Yuriy gestern hatte aussteigen lassen. Der Platz hier war, ähnlich wie gestern, etwas mehr von Passanten bevölkert, als die restlichen Straßen. Viele erledigten Einkäufe und ergatterten etwas an frischen Lebensmitteln.

Wir gingen weiter. Nach etwa fünf Minuten Gehzeit kamen wir in einer schön angelegten, mit viel Grünzeug bepflanzten Fußgängerzone an. Ich war verwundert.

Es war strahlender Sonnenschein und tiefblauer Himmel. Die Fußgängerzone erstreckte sich sauber und akkurat vor uns. In regelmäßigen Abständen angelegte Skulpturen und Blumenbeete versüßten uns den Anblick. Rein nichts erinnerte uns hier daran, dass die Stadt Donezk mitten in einem Krieg sein sollte.

Um uns herum ertönte aus dem Grün zwischen den Bäumen ab und an ein Hupen der Autos von der Straße. Es kamen uns lächelnde, flanierende Paare auf dem gepflasterten Gehweg entgegen. Mein erster, eher negativer Eindruck der Stadt von gestern Abend hatte sich augenblicklich revidiert. Es kam mir so vor, als hätte ich hier genauso gut auf einer Fußgängerzone in Berlin, Barcelona oder sonst wo entlanglaufen können. Ich schaute Lev fragend und beeindruckt zugleich an.

»Willkommen in Donezk«, antwortete er mir lächelnd auf meinen fragenden Blick. »Nein, ehrlich, Paul. Donezk ist eine wirklich schöne und attraktive Stadt, die eigentlich viel zu bieten hat und in der es lebenswert ist zu wohnen. Trotzdem darfst du dich nun mal leider nicht vor dieser trügerischen Ruhe und Unbeschwertheit beirren lassen. Wir haben Krieg im Donbass. Es kann von der einen auf die andere Minute alles anders werden. Eben noch laufen wir gemütlich den Puschkin Prospekt entlang, im nächsten Moment kann in direkter Umgebung ein Artilleriegeschoss explodieren.«

Ich schluckte. »Aber warum sind hier dann so viele Menschen, wenn das jedem bewusst ist?«

Lev drehte sich zu mir um. »Was sollen sie denn sonst den ganzen Tag machen? Sich verstecken? Und eigentlich sind es gar nicht so viele. Es kommt dir nur so vor. Früher waren es deutlich mehr Menschen, die hier ein- und ausgegangen sind.«

Ich öffnete die Manschetten meines Hemdes und schob mir die Ärmel nach oben. Es war bereits ziemlich warm geworden.

»Du wirst hier schon noch lernen, was es heißt, in einem Krisengebiet oder Kriegsgebiet zu leben, Paul. Du wirst auch noch lernen, auf was du hier zu achten hast. Es sind eigentlich ganz banale Dinge. Lass dich auf der Straße nicht mit fremden Personen auf Gespräche ein; sieh zu, dass du dich generell nie lange auf der Straße aufhältst; und wenn du einmal mit dem Bus oder der Straßenbahn fährst, dann achte darauf, dass du nicht direkt am Fenster sitzt, sondern innen, wo du bei Beschuss nicht sofort getroffen werden kannst.«

»Okay«, gab ich vorsichtig zur Antwort. »Ich hoffe mal, dass so etwas tatsächlich nie passieren wird.«

Lev blieb stehen. »Ja, natürlich nicht. Niemand will das. Aber trotzdem. Achte generell immer darauf, dass du nie alleine irgendwo herumläufst. Gerade als Ausländer, Paul. Sei einfach vorsichtig, misstrauisch und aufmerksam.«

Wir waren mittlerweile am Nationaltheater für Musik und Schauspielkunst angekommen. Lev kramte in seiner Hosentasche. Zwischen den stämmigen Säulen des Gebäudes nahmen wir im Schatten auf den kühlen Treppenstufen Platz. Lev holte sein Smartphone aus der Hosentasche und begann ein Telefonat. Ich hingegen zog eine Packung Zigaretten hervor und steckte mir eine an.

Genussvoll zog ich an der Zigarette und ließ dabei meinen Blick über den weitläufigen Leninplatz direkt vor dem Nationaltheater wandern. Auch hier zeigte sich mir nichts Ungewöhnliches. Passanten überquerten den Platz oder machten kurz an der Statue Lenins halt. Sie setzten sich auf Parkbänke, erzählten miteinander oder lasen Zeitung. An der linken Seite des Platzes tauchte schließlich ein Fahrzeug mit Soldaten der Volksrepublik Donezk auf. Sie hielten an, stiegen aus dem Fahrzeug aus und unterhielten sich ebenfalls belanglos. Ansonsten war nichts Beeindruckendes zu sehen.

»Okay, wir können weitergehen.«

Lev riss mich aus meinen Gedanken. Ich stand von den Treppenstufen auf und ging ihm weiter nach. Wir kehrten zurück auf den Puschkin Prospekt und marschierten weiter nach Norden. Nach einer Weile kamen wir schließlich am Regierungsgebäude der Stadt Donezk vorbei. Mittlerweile sogar das Regierungsgebäude der Volksrepublik Donezk.

Auch hier war nichts Ungewöhnliches zu erkennen, das auf einen Krieg hindeuten würde. Die Fahnen der neu proklamierten Republik wehten unbeeindruckt an den Masten. Nur der Rasen und die Grünanlagen vor dem Gebäude wirkten etwas überlaufen. So, als hätten noch vor kurzem hunderte von Menschen auf ihnen gestanden.

Der Puschkin Prospekt war nun ebenfalls zu Ende und wir hatten unser Ziel beinahe erreicht. Lev führte mich zu einem kleineren, unscheinbaren Gebäude. Von außen hatte es den Anschein, als handle es sich dabei um ein Sportstudio und eine Bar zugleich. Tatsächlich war es auch so. Es war genau die Trainingshalle, von der Lev mir schon in Heidelberg berichtet hatte.

Lev erklärte mir den Zusammenhang aber sicherheitshalber erneut: »Vor dem Konflikt war hier, wie bereits gesagt, ein kleines Restaurant untergebracht. Nachdem es schließlich den Betrieb eingestellt hatte, haben ich, einige Freunde und zunächst auch mein Bruder das Gebäude neu eröffnet und darin eine kleine Bar sowie eine kleine Sporthalle für die Freizeitbeschäftigung eingerichtet. Im Krieg und während der zahlreichen Belastungen und Einschränkungen sollen die jungen Leute zumindest hier einen Ort finden, an welchem sie den ganzen Problemen wenigstens für ein paar Stunden entfliehen können. Wir haben hier Billardtische aufgebaut, Sitzecken zum Erzählen und Schachspielen sowie einen großen Raum zum Boxen. Wer möchte, kann an der Bar ein oder zwei Bier trinken. Hauptsache, man kann dem Alltag für kurze Zeit entgehen.«

»Ich verstehe.«

Ich schaute mir das Gebäude an. Es wirkte, wie die Gebäude in Leninsky, etwas mitgenommen und sanierungsbedürftig.

»Anfangs haben wir damit guten Zuspruch gefunden. Vor allem bei den Jugendlichen, die die Schule nicht mehr besuchen konnten. Als dann im Spätjahr 2014 der Artilleriebeschuss auf Donezk schließlich immer stärker geworden war, mussten auch wir zumachen. Erst jetzt, seit ein paar Monaten, seitdem die Auseinandersetzungen im direkten Stadtgebiet abgenommen haben, können wir die Trainingshalle wieder öffnen.«

Ich nickte beeindruckt. »Nicht schlecht. Eine wirklich tolle Idee, Lev. Ich finde es toll, dass sogar im Krieg nicht jegliche Hoffnung verlorengeht. Und das ist wichtig. Vor allem für die jungen Leute. Für genau die Generation, die vermutlich in einer Zeit aufwachsen wird, in der sie gar nichts anderes kennenlernen wird, als diesen Krieg.«

Lev schaute mich schweigend an. Er fühlte sich durch meine Worte wie ins Mark getroffen. Immerhin waren es seine Landsleute.

»Komm, lass uns hineingehen.«

Drinnen war es etwas düster. Das Licht war nicht eingeschaltet. Lediglich durch die farbig verglasten Fenster fiel gelbliches Licht in den Raum. Ich konnte vor uns einige Stühle und Tische erkennen. Dahinter schließlich eine Bar. Ich ging mit Lev vor an den Tresen. Dort drehte er an einem

Lichtschalter. Es passierte nichts. Wahrscheinlich war der Strom abgestellt.

»Warte hier einen Moment, Paul. Ich bin gleich wieder bei dir.«

Lev verschwand hinter der Bar in einer Tür in der Wand. Ich war alleine im Raum und sah mich um. Auf dem Regal hinter der Bar standen einige Flaschen mit alkoholischem Inhalt. Ich versuchte, die kyrillische Aufschrift auf dem Etikett zu entziffern. Ansonsten wirkte hier alles ein wenig eingestaubt. An der Wand hing ein uralter Zigarettenautomat. Es war totale Ruhe. Nicht einmal von draußen konnte ich Geräusche wahrnehmen.

Nachdem Lev nach über zehn Minuten immer noch nicht zurückgekommen war, nahm ich auf einem Barhocker Platz. Ich schob mir einen Aschenbecher zurecht und zündete mir eine Zigarette an. Ich sah mich weiter um. Neben den Stühlen und Tischen waren einige Billardtische aufgebaut. Dazwischen immer wieder kunstvoll geschnitzte Holzsäulen, welche die mit Holz getäfelte Decke abstützen. Die Einrichtung wirkte einladend und man merkte sehr wohl, dass hier früher ein anderes Etablissement gewesen sein musste. Man konnte hier sehr gerne verweilen.

Ich blies meinen Qualm zur Decke. An der Wand hinter den Billardtischen öffnete sich langsam knarzend eine Tür. Ich drehte mich sofort um, konnte durch die Dunkelheit zunächst aber nichts erkennen. Bei der knarzenden Tür handelte sich um eine doppelte Flügeltür. Ebenfalls aus dunklem Holz. Hinter der geöffneten Tür sah ich für einen kurzen Moment die Boxsäcke und Bodenmatten, die Lev zuvor erwähnt hatte. In der Tür stand schließlich eine Person, die damit begann, langsam auf mich zuzugehen. Sie war größer als ich, etwa 1,90 Meter und trug einen Trainingsanzug der Marke Adidas. Grimmig blickte sie mir entgegen und warf mir dann einige Worte auf Russisch entgegen. Ich versuchte, ihr klarzumachen, dass ich nur Englisch oder Deutsch verstehen konnte.

Der Person hingegen war das sichtlich egal und sie redete weiter kalt auf mich ein und kam langsam bedrohlich näher. Ich drückte meine Zigarette im Aschenbecher aus und stand dann vom Barhocker auf. Erst jetzt konnte die Person besser erkennen. Es war eine männliche Person, etwa in meinem Alter, mit dunkelblondem Haar und sehr grimmigem Blick. Sie schien sehr gereizt zu sein und ihr war es anscheinend nicht ganz recht, dass ich mich hier alleine an der Bar aufhielt. Zumal ich für sie eine gänzlich fremde Person war und obendrein nicht einmal Russisch sprechen konnte.

Im nächsten Augenblick hatte sie mich am Kragen gepackt und schleuderte mich rückwärts an die Wand. Mit dem Rücken stieß ich an einen Holzschrank, dessen Türen unter der Wucht nach innen brachen. Holz splitterte umher. Ich sank kurz auf die Knie, stand aber sofort wieder auf und boxte der Person, die wieder direkt vor mir stand, augenblicklich und reflexartig heftig auf die Nase. Auch sie sank kurz zu Boden, fing sich aber sofort wieder.

Dann trat endlich Lev wieder hinter der Bar hervor. Er brüllte zuerst etwas auf Russisch. Die andere Person sah ihn fragend an. Dann brüllte Lev mich an: »Aufhören, ihr Idioten!«

»Ich hab doch überhaupt nichts gemacht. Er hat angefangen.«

Ich deutete auf die Person im Trainingsanzug vor mir und beteuerte meine Unschuld. Lev sah mich mit großen

Augen an und packte mich ebenfalls kurzerhand am Kragen. Hinter ihm konnte ich Yuriy wiedererkennen, der uns gestern vom Flughafen abgeholt hatte.

Lev ließ mich wieder los, sprach etwas auf Russisch, dann wieder zu mir: »Darf ich vorstellen, das ist Ivan. Am besten, ihr unterhaltet euch wie wir auf Englisch miteinander. Yuriy kennst du ja bereits.«

Ich wischte mir den Mund ab und klopfte mir die Holzsplitter von der Schulter. Ivan schaute mich böse und noch immer grimmig an. Seine Nase, auf die ich geboxt hatte, war gerötet. Yuriy hingegen grinste mich die ganze Zeit nur an. Lev stellte uns schließlich alle nochmal in aller Ruhe gegenseitig vor.

»Wo bin ich da nur reingeraten?«, fragte ich rhetorisch in die Runde. Lev und die anderen beiden fingen an zu lachen.

Ivan und Yuriy waren beide sehr gute Freunde von Lev. Sie kannten sich von Kind auf, wohnten in derselben Nachbarschaft, gingen zusammen zur Schule und dienten zusammen in der ukrainischen Armee während des Grundwehrdienstes. Im Gegensatz zu Lev sprachen beide aber nur schlecht Englisch. Verständigen konnte ich mich aber trotzdem einigermaßen mit ihnen. Dafür reichte es aus. Sie waren beide sehr aufgeschlossen, gesellig und erzählten viel.

Ivan und Yuriy trugen beide einen Trainingsanzug der Marke Adidas. Yuriy einen weinroten mit weißen Streifen und Ivan, der mich gerade eben noch vermöbeln wollte, einen grässlichen in einem 80er Jahre-Türkis. Beide trugen einen sehr kurzen Haarschnitt. Yuriy hatte für sein Alter sogar bereits mächtige Geheimratsecken. Sie waren beide an die 1,90 m groß, was ihnen einen enormen Respekt einbrachte, wenn man das erste Mal mit ihnen zu tun hatte. Beide spielten in ihrer Freizeit leidenschaftlich Eishockey, Russlands Nationalsport.

Obwohl beide, ebenfalls wie Lev, die ukrainische Staatsbürgerschaft besaßen, waren sie in ihrer politischen Einstellung eher Russland zugewandt. Beide unterstützten deshalb auch die neue Volksrepublik und hießen deren Politik gut. Lev hingegen wünschte sich einen Anschluss Donezks an die Ukraine und somit näher an Europa.

Diese Differenz zwischen den dreien stellte aber nie ein Problem dar. Im Gegenteil. Viel wichtiger als politische Meinungen waren ihnen ihre Freundschaft und die Loyalität zueinander. Ich fand das stets toll. Zumal dies bei Weitem nicht selbstverständlich war. Wir erzählten uns gegenseitig ein wenig über uns selbst und wurden während meiner Zeit dort schnell Freunde.

»Stehen sich in diesem Krieg nicht die Russen und die Ukrainer gegenüber?«, fragte ich sie einmal verwundert. »Wie kommt es dann, dass ihr drei euch trotz unterschiedlicher Ansichten so gut miteinander versteht?«

Sie schauten mich alle drei, durch meine Frage provoziert, überrascht an. Ivan kam augenblicklich zu mir und packte mich, wie er es so oft mit anderen Leuten tat, am Kragen: »Ist das etwa ein Problem? Ob Russland oder Ukraine oder sonst was? Was interessiert uns die Politik, wenn wir uns haben? Seit wir auf dieser Welt sind, sind wir Freunde. Das ist doch das, was zählt. Nichts anderes.«

Ivans Lippen waren vernarbt und aufgesprungen. So, als hätte er vor kurzem noch eine Schlägerei gehabt. Er wirkte angespannt. Alle drei wirkten angespannt und wollten über dieses Thema nicht gerne erzählen. Wie toll wäre es doch, wenn mehr Menschen diese Einstellung verfolgen würden. Wenn Freundschaft zwischen den Menschen wichtiger wäre als die Politik. Ivan, Lev und Yuriy erwiesen sich als Ausnahme.

Er ließ mich lachend wieder los und boxte mir mäßig auf die Schulter. Ich lachte ebenfalls.

Mit Ivans grober Art lernte ich schnell umzugehen. Gut, wenn man wusste, wie man auf diese hier doch gegenseitig sehr grobe Umgangsart zu reagieren hat. Man sollte genau wissen, wann es jemand ernst meint und wann das Ganze nur Spaß bedeutet. Generell hat man darauf zu achten, wann man mit seinen eigenen Aussagen nur Spaß macht oder etwas ernst meint. Auch ich habe das hier lernen müssen.

Lev, Ivan und Yuriy kannten die Gegend und die Nachbarschaft hier wie ihre Westentasche. Auch jetzt während des Krieges wussten sie, wo es sicher war, wo man Hilfe finden konnte und wo man Trinkbares und Essbares organisieren konnte. Sie alle wünschten sich nichts weiter als einen schnellen Frieden und ein wieder geregeltes Leben. Ursprünglich hatten sie einmal geplant, die Universität zu besuchen oder wie Lev etwas Handwerkliches zu erlernen. Der Krieg hatte diese Pläne vorerst durchkreuzt. Man war nun mit anderen, wichtigeren Dingen beschäftigt.

Ivan war zudem ohne Vater aufgewachsen. Er hatte ihn auch nie kennengelernt. Als seine Mutter 1988 mit ihm schwanger war, fiel Ivans Vater, damals noch in der sowjetischen Armee, im Alter von gerade einmal dreiundzwanzig Jahren in Afghanistan. Ein Onkel von ihm sogar zehn Jahre später im Tschetschenienkonflikt.

Das waren ebenfalls die Unterschiede zwischen den Familien hier und denen in Deutschland. Hier in der Ostukraine oder auch in Russland selbst gab es in vielen Familien gefallene Väter, Brüder oder andere Angehörige aus ehemaligen Kriegen zu beklagen. Es war ein aktuelles Thema auch bei vielen jüngeren Generationen. Und nun war es eben der Ukrainekrieg. Es wuchs hier tatsächlich eine Generation heran, die nichts anderes kannte als den Krieg.

Bei uns in Deutschland hatte man das Problem eher von unseren Eltern oder Großeltern erzählt bekommen, die ihre Angehörigen bis 1945, beim letzten eigenen Krieg verloren hatten. Seither hatte es glücklicherweise nie wieder Krieg auf deutschem Boden gegeben. Welch ein unbewusstes und bei weitem nicht selbstverständliches Glück, wenn man so darüber nachdenkt. Ivan war aus diesem Grund, ähnlich wie Lev, schon immer gezwungenermaßen sehr selbstständig und auf sich alleine gestellt gewesen. Ich hatte große Achtung vor solchen Schicksalen.

Nach zwei Tagen überließ mich Lev schließlich Ivan und Yuriy. Er selbst besuchte sein altes Elternhaus in Spartak oder zumindest das, was davon übriggeblieben war. Danach fuhr er weiter zu seiner Schwester und den Eltern nach Kiew zur Erledigung von Familienangelegenheiten seit dem Tod seines Bruders. Eigentlich war dies schon vor Tagen, direkt nach seiner Ankunft geplant gewesen. Der Konflikt hier konnte aber kurzfristig, wie so oft, jegliche Planung durcheinanderbringen. Wir verabschiedeten uns für etwa eine Woche voneinander.

Yuriy und Ivan half ich derweil bei der Arbeit in der Trainingshalle. Meine Unterstützung konnten sie gut gebrauchen und sie freuten sich, dass ich zusammen mit Lev wieder hergekommen war.

Hatten wir frei und die Arbeit war vorübergehend erledigt, so genossen wir das schöne Wetter am Ufer des Kalmius. Wir ließen die schönen Seiten einer Stadt, die doch mitten im Konflikt stand, auf uns einwirken.

Ivan und Yuriy zeigten mir aber auch Teile der zerstörten Stadt und das, was der Konflikt inzwischen angerichtet hatte. Anfangs war der Beschuss im Stadtzentrum noch heftig gewesen. Die Armeen beider Seiten hatten mit schwerer Artillerie enorme Zerstörungen angerichtet. Das Resultat waren fensterlose Bürotürme, ausgebrannte Wohnblocks, zerstörte Straßen und eine drastische Dezimierung der Bevölkerung. Denn viele hatten daraufhin oder auch schon zuvor die Stadt verlassen. Geschäfte und Banken waren geschlossen. Die Lebensmittelversorgung und die Infrastruktur hatten zu leiden.

Seit dem Minsker Abkommen vom Februar 2015 hatten die Auseinandersetzungen im Stadtzentrum dann endlich abgenommen. Die Kämpfe hatten sich in die Gebiete außerhalb verlagert. Schweres Kampfgerät wurde nach und nach abgezogen. Nur hin und wieder kam es in der Stadt zu kleineren Detonationen, Beschüssen oder Schießereien.

An vielen Stellen und Orten im Donbass war der Konflikt inzwischen ohnehin festgefahren. Stellungen, Straßensperren und besetzte Ortschaften wurden seit Monaten nicht mehr verändert. Nur an den politisch wichtigen Brennpunkten kam es zu teilweise heftigen Gefechten. Wie immer zum großen Leid der Bevölkerung.

»Der Krieg könnte so schnell vorbei sein«, jammerte Yuriy. »Alles, was nötig wäre, ist, dass der Westen die Volksrepubliken Donezk und Luhansk anerkennt. Solange das nicht geschieht, geht der Konflikt weiter.«

Ivan knüpfte an. »Und schnell wird der Westen die neuen Volksrepubliken nicht anerkennen. Denn immerhin hat Russland die Gebiete angeblich völkerrechtswidrig besetzt. Aber was bringt das letztendlich der Bevölkerung und uns? Rein gar nichts. Der Krieg geht weiter. Die Fronten stehen still.«

»Angeblich völkerrechtswidrig?«, murmelte ich. Ich bezog gegenüber Ivan und Yuriy und deren politischen Aussagen keinerlei Stellung. Mit der Politik hier und den Wünschen der Bevölkerung kannte ich mich nicht sehr gut aus. Die eigentliche Herausforderung für mich war es, unter diesen Umständen im Alltag zurechtzukommen. Es ist schwer zu erklären, wenn man es nicht selbst erlebt hat.

In der darauffolgenden Nacht nahmen mich Ivan und Yuriy mit in die Umgebung von Leninsky. Wir fuhren zu dritt mit dem Fahrrad, möglichst unauffällig und unbeleuchtet, durch die verwahrlosten und leeren nächtlichen Straßen, bis wir schließlich an den ersten Fabrik- und Industriegebäuden des riesigen Hüttenwerks von Donezk ankamen.

Immer, wenn wir das Motorengeräusch eines Fahrzeuges vernahmen, stiegen wir rasch ab und versteckten uns hinter dem nächsten parkenden Auto, in einer offenen Holzgarage oder einem Hauseingang, in der Hoffnung, nicht entdeckt zu werden.

Der Streifzug während der Ausgangssperre hatte etwas Aufregendes an sich, auch wenn die Konsequenzen, entdeckt zu werden, nicht gerade angenehm gewesen wären. Wurde man von der Polizei entdeckt, wenn man gegen die Ausgangssperre verstieß, hatte man mit großer Sicherheit nichts mehr zu lachen. Gerade für mich als eigentlicher

Tourist hätte das die Ausweisung oder Schlimmeres bedeuten können. Ein Glück, dass Lev davon nichts wusste und erfahren würde, was ich hier mit Ivan und Yuriy tat.

Wir waren schließlich an der riesigen Abraumhalde nördlich des Industriegeländes von Leninsky angekommen. In der Straße war es fast vollkommen ruhig. Man konnte lediglich den Wind durch die Bäume streichen und den Müll auf der Straße umher wehen hören. Am Horizont konnte man Detonationen und Schüsse hören, und der Himmel erhellte sich manchmal kurz wie bei einem leichten Gewitter, das noch kilometerweit entfernt war. Von der Industrieanlage und den Hochöfen nahmen wir die metallenen Geräusche der Eisenbahnschienen und sonstigen Maschinen wahr.

Wir stellten unsere Fahrräder in einem Gebüsch ab, sodass ein vorbeifahrendes Fahrzeug diese nicht erkennen konnte. Anschließend hob Ivan den Maschendrahtzaun an, der die Abraumhalde umzäunte. Wir krochen darunter durch, betraten das Gelände und bestiegen möglichst lautlos den sofort steil ansteigenden Hügel.

Yuriy ging voraus, in der Mitte kam ich und hinter mir ging Ivan. In der Tat war von uns dreien kein einziges Geräusch zu hören und in der Dunkelheit konnte man uns nicht erkennen. Wir hatten uns dazu nicht umsonst möglichst dunkle Sachen angezogen.

Am Fuße zur Straße war die Abraumhalde noch relativ dicht mit Bäumen und Sträuchern bewachsen. Je näher wir der Spitze des Schuttberges kamen, desto mehr lichtete sich auch das Grünzeug. Als wir schließlich oben angekommen waren, war der Ausblick über Donezk überwältigend. Von hier aus konnte man beinahe die gesamte Stadt überblicken.

Zufrieden stemmte ich die Arme in die Hüfte und versuchte, nach dem Aufstieg wieder zu Atem zu kommen. Direkt vor uns streckten sich die riesigen Schlote des Hüttenwerks in den Himmel. Die gewaltigen Dächer der Werkshallen standen still und schwarz vor uns. Drehten wir uns um und schauten Richtung Norden, so blickten wir auf das Zentrum von Donezk mit seinen Hochhäusern und breit angelegten Straßen. Nur hier konnte man vereinzelt in den Fenstern noch Licht erkennen oder den Zug der Straßenlaternen nachverfolgen.

Auch die beiden Brücken über den Kalmius glitzerten ruhig im Wasser. Nur die Außenbezirke um das Stadtzentrum lagen weitgehend im Dunkeln. Schauten wir weiter nördlich über das Zentrum hinweg, so blickten wir auch Richtung Spartak und den Flughafen. Auch wenn unser Blick nicht bis dorthin zu reichen vermochte, so konnten wir ab und zu am Horizont ganz deutlich die Kontaktlinie rumoren hören. Immer wieder blitzte dort schwach der Himmel auf. Das war er also. Der Ort der Auseinandersetzung, der die ganze Nacht und den ganzen Tag über die Stadt in eine unheimliche Geräuschkulisse hüllte.

Mich überkam ein kurzer Schauer.

Wir saßen alle drei nebeneinander auf der Spitze der Halde und schauten wortlos über die Stadt. Der Sommerwind war angenehm mild und nichts deutete auf irgendeine Gefahr hin. Wüsste man nicht über den Kriegszustand und den Beschuss Bescheid, so hätte man die ganze Nacht hier oben ausharren und die Sommernacht genießen können. Es wäre eine Stadt wie jede andere.

Ivan kramte ein Nachtsichtgerät aus seiner Umhängetasche. Er stellte es ein und suchte die Umgebung damit ab. Nach einer Weile reichte er es mir weiter.

»Willst du auch mal, Paul?«

»Gerne.«

Ich nahm es ihm ab und schaute neugierig hindurch. Es wirkte eigentlich wie ein gewöhnliches Fernglas. Eben nur, dass das runde Sichtfenster in ein grelles Giftgrün getaucht war. Die Infrarotstrahler ließen die Umgebung wie zur hellen Tageszeit erleuchten. Ich überflog die dunklen Werkshallen und die Schlote des Hüttenwerks. Was eben noch tiefschwarz erschien, ließ sich nun in genaueren Konturen erkennen. So konnte ich deutlich Wellblechdächer, Eisenbahnschienen und zwischen den Gebäuden vereinzelt sogar Werksmitarbeiter oder Sicherheitskräfte erkennen.

»Das ist ja cool. Man kann wirklich jede einzelne Person erkennen, die vorher noch im Dunkel gesessen hat.«

Ivan und Yuriy grinsten sich gegenseitig an. Yuriy boxte mich auf die Schulter und riss mich aus meiner Begeisterung.

»Was hast du denn?«, fragte ich ihn genervt.

»Du weißt schon, Paul, dass wenn sogar du mit deinem einfachen Nachtsichtgerät andere Leute erkennen kannst, dass die anderen, die Separatisten, Soldaten oder von mir aus auch die Polizei mit ihren eigenen, viel besseren, auch dich und uns hier oben im Dunkeln ausmachen können.«

Ich schaute mich darauf langsam und unwohl um.

»Tu doch jetzt nicht so, Paul! Der erste Scharfschütze, der wollte, hätte uns längs alle drei umgenietet. Es würde keine zwei Sekunden dauern. BAM, BAM, BAM. Die Schüsse würden wir vermutlich nicht einmal hören.«

Ich schluckte. Ivan lachte.

»Mach ihm doch keine Angst.«

»Sehr witzig.«

Ivan zündete sich eine Zigarette an, hielt sie aber so mit Daumen und Zeigefinger, dass seine Handfläche die grelle

Glut verdeckte, wenn er daran zog. Yuriy tat es ihm gleich. Lediglich ihre Gesichter erhellten sich für einen kurzen Moment in ein Orange, wenn sie an der Zigarette zogen.

Mir war für heute Nacht die Lust am Rauchen vergangen. Das, was Yuriy eben zu mir gesagt hatte, machte mich dann doch zu nervös. Wenn ich aber etwas darüber nachdachte, hatte er ja auch Recht. Eigentlich hätte ich auch von alleine darauf kommen können, dass wir nicht die einzigen hier waren, die mit einem Fernglas oder einem Nachtsichtgerät durch die nächtliche Stadt streiften.

Auf meinem Smartphone meldete sich Lev. Ich nahm das Gespräch an. Von hier oben konnte uns unten auf der Straße niemand hören und ich konnte unbesorgt sprechen. Lev erklärte mir, dass er morgen wieder zurückkommen würde. Er hätte soweit alles erledigt und würde nachmittags wieder da sein. Von meinem derzeitigen Aufenthaltsort erzählte ich ihm trotzdem lieber nichts. Ich informierte Ivan und Yuriy über die Neuigkeiten. Beide freuten sich zu hören, dass es ihm gut ging und dass er bald wiederkommen würde. Vor allem, nachdem er den Brennpunkt in Spartak und sein ehemaliges Elternhaus dort gefahrlos und ohne Zwischenfall besuchen konnte.

Ich hatte nun doch Lust auf eine Zigarette bekommen und zündete mir eine an. Yuriy fand das alles schrecklich, was Levs Familie zugestoßen war. Wie wir es alle taten.

»Ich habe keine Lust, dass es mich irgendwann genauso trifft und alles vorbei ist.«

Yuriy fing an, uns von Irina zu erzählen. Er hatte sie vor einigen Wochen in Donezk kennen gelernt, als er dabei geholfen hatte, ein Lazarett einzurichten. Die beiden sahen sich seitdem täglich und verabredeten sich, so oft es ging und möglich war.

»Ich habe keine Lust, eines Tages in diesem Krieg umzukommen. Und Irina genauso wenig. Eher sehen wir zu, dass wir gemeinsam von hier verschwinden.«

Ivan lachte. »Wo wollt ihr denn hingehen?«

»Keine Ahnung. Hauptsache weg. Irgendwohin, wo wir in Ruhe leben können. Vielleicht heirate ich sie ja auch einfach.«

Nun lachte auch ich. Wir klopften Yuriy beide auf den Rücken.

»Dann scheint es ja tatsächlich ernst zu werden mit euch beiden«, sagte ich freudig und drückte meine Zigarette auf dem sandigen Boden aus.

»Ja, ich bin mir absolut sicher«, grinste Yuriy.

»Ihr habt ja Recht, Yuriy. Ihr alle habt ja so Recht mit alldem, was ihr hier macht und leistet. Wer weiß, wie lange es noch so weitergehen kann. Wir sollten einfach alle zusehen, dass wir jeden Tag, den wir haben, so gut es geht nutzen können.«

Wir nickten uns alle schweigend zu und schauten still in die Ferne. Am Horizont grollte es wieder.

Nachdem wir etwa zwei Stunden auf der Spitze der Abraumhalde gesessen und die Sommernacht genossen hatten, machten wir uns wieder auf den Weg nach Hause. Es war mittlerweile zwei Uhr nachts. Wir stiegen den Hang wieder möglichst lautlos herab und fuhren mit unseren Rädern zurück zur Wohnung.

Die Stadt hier hatte schon etwas Besonderes, wie ich fand. Auch hier konnte man träumen und hoffen. Pläne schmieden. Vor allem aber auch Yuriys und meine eigenen Worte blieben mir im Kopf hängen. Wir sollten wirklich einfach alle zusehen, dass wir jeden Tag, den wir noch haben dürfen, so gut es geht nutzen und einfach nur leben.

Kapitel 9

Lev kam am folgenden Nachmittag, etwas später als erwartet, nach Donezk zurück. Er erzählte uns von seinen Eindrücken aus Kiew, von seiner Familie und letztendlich auch von der Ruine des Elternhauses in Spartak. Es musste schrecklich dort ausgesehen haben und so gut wie kein Haus war mehr bewohnbar.

Besonders zu kämpfen hatte Levs Familie aber mit dem Tod seines Bruders. Ob sie jemals nach Donezk zurückkommen würden, sei fraglich. Sie hatten sich in Kiew eingelebt und führten dort ein geordneteres Leben als hier.

Nur Lev konnte Donezk, seine Stadt Donezk, nicht einfach hinter sich lassen. Er hatte mit seiner Schwester Emilia ausgemacht, entgegen dem Willen ihrer Eltern, dass er hierher zurückkommen und dann auch hier wohnen bleiben würde. Es war Lev ein zu starkes Anliegen, hier zu helfen wieder aufzubauen, was verlorengegangen war, anstatt der Stadt den Rücken zu kehren. Trotz der vielen Gefahren und Unannehmlichkeiten. Zu viele Erinnerungen hingen für ihn daran.

Mehr erzählte er uns nicht. Die Erlebnisse und Eindrücke blieben bei ihm. Er behielt das meiste für sich selbst und dachte oft schweigend darüber nach. Es war Levs eigene Art und Weise, mit seiner Trauer und dem Schmerz umzugehen. Trotzdem erkannten wir alle, dass ihn der Verlust seines Bruders nochmals verändert hatte. Lev war gebrochen.

Es waren keine zwei Wochen vergangen, als uns Yuriy schließlich mitteilte, dass er seine Irina bald heiraten wollte.

Ivan, Lev und ich waren überrascht über Yuriys doch spontanen Entschluss, freuten uns aber dennoch wahnsinnig darüber.

Wir organisierten das Fest und die Trauung für die nächste Woche. Als trauende Person hatte Lev den Militärgeistlichen beauftragt. Es war ein netter und offener Seelsorger, der keine zehn Jahre älter war als wir. Eigentlich bestand seine Arbeit ausschließlich darin, sich bei seelischen Problemen um die Soldaten und deren Angehörige zu kümmern. Je länger der Krieg aber schließlich andauerte, desto häufiger kam es auch vor, dass er kurzfristige Trauungen übernahm. Und kurzfristig war diese Trauung in der Tat. Yuriy und Irina kannten sich nur etwas weniger als drei Monate. Sie hatten sich eher zufällig im Kriegsverlauf kennen gelernt.

Irina war Krankenschwester und pflegte verletzte Soldaten sowie Zivilisten. Als Yuriy und Ivan einmal mit anderen Freiwilligen den Einsatzkräften dabei halfen, ein provisorisches Lazarett einzurichten, wurden die beiden schließlich aufeinander aufmerksam. Nach Dienstschluss trafen sie sich seitdem täglich und gingen aus, soweit es noch möglich war. Dass die beiden schnell zusammengekommen waren, war für uns nicht verwunderlich. Dass sie jetzt allerdings schon heiraten wollten, dafür umso mehr.

Yuriy begründete seinen und Irinas Entschluss wie so viele junge Paare, Soldaten und Betroffene hier im Krieg: »Wer weiß denn schon, wie lange es uns noch gibt und wie lange wir noch die Möglichkeit dazu haben, zu leben und zu lachen. Wir haben schon zu viele Freunde und Kameraden verschwinden und nie mehr zurückkommen sehen. Wir haben keine Zeit zu verlieren. Vielleicht ist der morgige

Tag schon unser letzter. Ich möchte einfach nichts versäumen.«

Mir stockte der Atem, als Yuriy uns diese Worte mitgeteilt hatte. Es war eine recht brutale und kurzfristige Lebenseinstellung, ohne irgendeine Sicht in die Zukunft. Aber irgendwo hatte er auch Recht mit seiner Aussage. Eine solche Lebenseinstellung ist nur sehr schwer zu begreifen, wenn man nie von Krieg und Not betroffen war. Aber die Tatsache, dass eine solche Aussage von einem jungen Menschen stammt, der doch eigentlich noch sein ganzes Leben vor sich hatte, und diese Aussagen teilweise sogar noch von viel jüngeren Menschen stammen, Menschen, die gerade erst volljährig geworden waren, dann müssen diese jungen Menschen schon eine sehr geringe Erwartung an ihre persönliche lebendige Zukunft haben.

Yuriy hatte große Angst vor der Zukunft. Angst, dass bald alles vorbei sein könnte. Angst, seine Familie, seine Wohnung und seine Existenz zu verlieren.

»Deshalb möchte ich Irina heiraten. Unsere Liebe ist das einzige, was uns in diesen Zeiten noch Kraft und Auftrieb gibt.«

Wir schauten uns alle schweigend an, es lag doch eine gewisse Verzweiflung in der Luft.

Yuriy redete weiter: »Ich weiß, Jungs, das mag komisch klingen. Aber ich möchte einmal nicht alleine sterben. Auf keinen Fall. Wenn der Krieg erst einmal vorbei sein sollte und wir ihn überlebt haben, dann möchte ich meine eigene Familie haben. Es soll nie wieder Leid und Entbehrung geben. Drei, vier Kinder möchte ich haben. So habe ich es Irina versprochen.«

Wir standen alle geschlossen hinter Yuriy. Und das wusste er auch. Auch von uns restlichen dreien; von Lev,

Ivan und mir wollte niemand irgendwann einmal alleine sterben müssen. So viel war sicher.

Yuriys Hochzeitsautos bestanden aus einem grauen Saab 900 und einem weißen Volvo Kombi. Auch wenn die Flotte nicht gerade einen feierlichen Eindruck erweckte, waren wir alle stolz, überhaupt eine organisiert zu haben. Denn gerade an diesem Vormittag hatte es in der Innenstadt erneut kleinere Auseinandersetzungen gegeben. Es waren Schüsse zu hören und am Horizont über den Dächern vernahmen wir eine riesige Rauchsäule, die bedrohlich aufstieg. Trotzdem ließen wir uns davon nicht abhalten, Yuriys Trauung zu feiern.

Ivan und ich lenkten die Fahrzeuge in die Einfahrt zum Innenhof eines Wohnblockes, in welchem sich auch Yuriys Wohnung befand. Er bewohnte dort im zweiten Obergeschoss eine geräumige Wohnung. Die unteren Stockwerke hatten einst seine Eltern und Geschwister bewohnt.

Nach der Trauung kehrte dort schließlich, nach und nach, die feiernde Hochzeitsgesellschaft ein. Es war eine kleine Gesellschaft von etwa dreißig Leuten, hauptsächlich enge Freunde und Verwandte.

Es wurde ausgelassen mit viel Musik, Gesprächen und Gelächter gefeiert. Ein überwältigendes Buffet mit Essen und Getränken sorgte für das Wohl der Gäste. Es war schön, dem jungen Paar, Yuriy und Irina, zuzusehen. Yuriy hatte selten so glücklich ausgesehen.

Es wurde allmählich dunkel und der Alkohol floss in Strömen. Leszek, ein alter Schulfreund von Yuriy, und weitere Bekannte von ihm machten auf der Gitarre und am Klavier Musik, zu welcher ausgiebig getanzt wurde. Die ganze Wohnung bebte.

Gegen halb elf war Ivan dermaßen betrunken, dass er vom Stuhl gefallen war und sich erbrochen hatte. Unbeholfen versuchte er wieder aufzustehen. Als er nach mehreren Versuchen wieder wackelig auf den Beinen stand, zog er plötzlich eine Pistole aus dem Hosenbund. Mit zittriger Hand richtete er den Lauf auf den Esstisch und die dort stehenden Flaschen und Gläser.

»Verdammt nochmal, nimm die Pistole runter!«

Auch Lev und einige weitere Gäste brüllten ihn an. Dann verstummte die Musik und im Raum war es mucksmäuschenstill.

»Ivan, verdammt, nimm die Waffe runter! Was soll denn das?«

Er schaute mich unbeeindruckt und emotionslos an.

»Was weißt du denn schon, Paul?«

Ivan klang stark betrunken und schielte mir entgegen. Er fuchtelte wild mit der Makarow umher und ich sah zu, nicht in das Schussfeld zu geraten. Im nächsten Augenblick überwältigte ihn Lev zusammen mit einem weiteren Gast. Sie drückten ihm seinen Arm mit der Pistole in die Höhe, den anderen hinter seinen Rücken.

Dann löste sich ein Schuss zur Decke. Durch den Raum ging ein kurzer Schreck. Lev und Vlad drückten Ivanschließlich ganz zu Boden und nahmen ihm die Makarow ab, damit er keinen weiteren Schaden anrichten konnte.

»Muzyka«, brüllte Lev durch den Raum vor zur Band.

Leszek spielte daraufhin weiter und der Lärmpegel der feiernden Gesellschaft stieg wieder an. Der Zwischenfall ging wieder unter.

Lev rief mich zu sich. Vlad drückte mir die Makarow in die Hand, die ich sofort im Hosenbund verschwinden ließ.

Zu zweit stützten wir Ivan dann ab und zogen ihn schließlich aus der Wohnung hinaus ins Treppenhaus. Dort ließen wir ihn dann alleine auf den Treppenstufen und an die Wand gelehnt sitzen. Lev hatte ihm zuvor einen heftigen Schlag in die Magengrube verpasst, damit er sich weiter beruhigte. Zusammengekrümmt saß er nun da, an die Wand gelehnt und röchelte.

»Lass ihn ruhig, der kommt schon wieder zu sich. Drinnen verdirbt er uns nur die Stimmung, dieser Idiot. Wenn er so weitermacht, dann geht es ihm irgendwann einmal wie seinem Stiefbruder. Er ist vor etwa einem halben Jahr völlig betrunken in ein Getreidesilo gefallen und dort dann qualvoll erstickt. Und das nur wegen so einem Mist hier.«

Ich ging mit Lev zurück an die Tische. Wir erholten uns etwas von dem Schreck und tranken und feierten weiter. Nur das Einschussloch an der Zimmerdecke erinnerte weiter an den kurzen Vorfall.

Je später der Abend wurde, desto ruhiger wurden auch die Musik und der Tanz. Es wurde weiterhin viel erzählt und das junge Hochzeitspaar schwebte mit wenigen anderen über die Tanzfläche. Lev wies Leszek schließlich an, ein ganz besonderes Lied für Yuriy zu spielen.

»Es ist ein altes Kriegslied aus dem Jahr 1943, aus dem großen Vaterländischen Krieg. Tjomnaya Notch, auf Englisch Dunkle Nacht«, wie es mir Lev erklärte.

Es war ein Lied, dessen Melodie ich schon öfter gehört hatte, aber dessen Text mir aus irgendeinem Grund unter die Haut ging. Auch wenn das Lied bereits über siebzig Jahre alt war, beschrieb es die Stimmung hier passender denn je.

Nach einer weiteren Runde Wodka fing Leszek schließlich an, zur Melodie zu singen. Lev übersetzte mir den Text auf Englisch und sang ihn mir vor, sodass auch ich seinen Inhalt verstehen konnte.

»Dunkle Nacht, nur das Pfeifen der Kugeln durch die Steppe ist zu hören, durch die Drähte surrt der Wind, schwach funkeln die Sterne…«

Mir gefielen der Text und die Melodie. Ich bekam Tränen in die Augen und Gänsehaut, als ich Irina und Yuriy dazu tanzen sah.

Der Text hatte etwas Theatralisches, Ernstes und Stolzes zugleich an sich. Irgendwie wirkte es aber auch beruhigend und beschützend. Leszek wiederholte das Lied und den Gesang auf Russisch zwei Mal.

Beim zweiten Durchgang forderte mich eine junge Frau mit dem Namen Julija, die mich schon den ganzen Abend über angelächelt hatte, auf, und führte mich zu dem Lied über die Tanzfläche im Zimmer. Anschließend tranken wir noch das ein oder andere Glas oder gingen auf eine Zigarette in den Innenhof. Schade, dass ich mich nicht mit ihr unterhalten konnte, da sie kein Englisch verstand. Julija ließ mich für einen kurzen Augenblick alles andere hier vergessen. Es war wunderschön.

Der neue Tag war bereits angebrochen und ich wurde plötzlich sehr müde. Vermutlich durch den vielen Alkohol, ratterte es in meinem Kopf, als ich die zahlreichen leeren Gläser und Flaschen vor uns auf dem Tisch betrachtete.

Auf einige der leeren Flaschen hatten wir inzwischen Kerzen aufgesteckt, um dadurch eine angenehmere Beleuchtung an den Tischen zu haben. Ich hatte große Mühe, meine Augen offen zu halten. Aus irgendeinem Grund war ich das ewige Feiern und das Trinken nicht mehr gewohnt und deshalb bereits etwas angeschlagen.

Ich verabschiedete mich letztendlich von der Gesellschaft und entschloss mich, noch etwas an die frische Luft zu gehen. Im Treppenhaus ging ich dazu bis ganz nach oben unters Dach und kletterte schließlich durch ein Dachfenster, welches man lediglich an der Dachschräge nach außen aufstemmen musste, hinaus auf den Dachfirst. Ich ging ihn vorsichtig einige Meter entlang und suchte mir einen gemütlichen Platz hinter einem gemauerten Schornstein, sodass ich von hier aus einen guten Halt hatte und notfalls sogar hier oben nächtigen konnte, ohne herabzufallen.

Die Nacht war angenehm mild und die Luft tat mir gut. Es war fast windstill und der Himmel war vollkommen klar. Auf der Milchstraße konnte man jeden einzelnen Stern funkeln sehen. Hier und dort zogen Flugzeuge ihre Bahnen. Ansonsten war es ruhig in der Stadt.

Ab und zu hörte man unten, von der feiernden Gesellschaft, einzelne Laute von der Straße zu mir hinauf ertönen. Nichts anderes störte sonst die heutige Nachtruhe. Nicht einmal die Militärhubschrauber.

Ich griff nach dem Nachtsichtgerät, welches ich zuvor von Yuriys Wohnung mitgenommen und umgehängt hatte, und tastete damit die Umgebung ab. Es gab nichts Besonderes zu sehen. Ich spürte, dass ich mich wieder erholte und sich mein Puls verlangsamte. Nur mit meinem Doppelblick hatte ich noch zu kämpfen. Ich konzentrierte mich voll und ganz auf das grüne kreisförmige Sichtfeld des Nachtsichtgerätes vor meinen Augen.

Zu sehen waren die Dächer und Fassaden der umliegenden Nachbarschaft. War ein Fenster noch erleuchtet oder sah ich zufällig in eine Straßenlaterne, so machte sich diese Lichtquelle als greller gelbgrüner Punkt auf dem Nachtsichtgerät bemerkbar. Es blendete beinahe schon.

Ich schaute weiter und suchte die Umgebung genau ab, ohne dabei irgendein Ziel zu haben. Ich gelangte schließlich bis an die Felder der Stadtgrenze, wo ich nun einzelne Personen erkennen konnte. Es waren Soldaten der Volksrepublik Donezk, welche an einer Straßensperre die Fahrzeuge zur Stadt kontrollierten. Auf der Antenne ihres Fahrzeuges hing die Fahne der Volksrepublik schlaff herab und bewegte sich nur dürftig bei einem leichten Windhauch.

Zu so später Stunde hatten die Soldaten fast nichts mehr zu tun. Auch für sie war für heute etwas Ruhe eingekehrt. Sie unterhielten sich miteinander oder rauchten in Ruhe eine Zigarette.

Ich wanderte mit dem Sucher weiter. Auf einem kleinen Hochstand neben der Straßensperre entdeckte ich nochmals zwei Soldaten. Anscheinend war ich auch heute wieder nicht der einzige, der die Nacht mit einem Nachtsichtgerät durchkämmte. Der eine von ihnen schaute mit seinem Sucher über das dunkle Feld, der andere ziemlich genau in meine Richtung zur Stadt hinein. Er schien mich allerdings noch nicht entdeckt zu haben. Selbst wenn, wäre es bestimmt auch nicht weiter schlimm gewesen.

Ich legte das Nachtsichtgerät trotzdem beiseite und lehnte mich an den gemauerten Schornstein zurück. Nun verdeckte der Dachfirst selbst wieder die Sicht auf mich und ich konnte von niemandem mehr gesehen werden. Ich lehnte mich entspannt zurück und betrachtete den Nachthimmel mit seinen vielen tausend Sternen.

Dann irgendwann öffnete jemand das Dachfenster, durch welches ich zuvor herausgestiegen war. Für einen kurzen Moment drang der Lärm von sich unterhaltenden und feiernden Menschen zu mir herauf. Als dann das Fenster wieder geschlossen wurde, verschwand auch wieder der Lärm, als hätte jemand ihn abgedreht.

Auf mich kam vorsichtig die dunkle Silhouette einer Person über den Dachfirst zu, die sich schließlich zu mir an den Schornstein gesellte.

Es war Lev. »Hier oben bist du also, Paul. Ich habe dich schon überall gesucht.«

Lev klang zwischenzeitlich nun ebenfalls etwas angeheitert und heiser. Er hatte eine noch etwa zu einem Viertel gefüllte Weinflasche in der Hand.

»Ja, ich musste etwas an die frische Luft. Etwas weg von den anderen.«

Ich musterte Lev mit seiner Weinflasche in der Hand. Er hatte Mühe, sich aufrecht zu halten.

»Pass auf, dass du nicht noch vom Dach fällst, wenn du hier oben trinkst.«

»Schau du auf dich selbst«, gab er genervt zurück und leerte das letzte Viertel mit einem Zug. Angestrengt und bedacht darauf, nicht unnötig zu schwanken, stellte er die leere Weinflasche auf dem Dachfirst ab. Dann schwankte er wieder zu mir zurück hinter den Schornstein.

»Magst du auch eine?« Lev hielt mir eine Packung Zigaretten entgegen.

»Danke.«

Ich lehnte mich etwas nach vorne und steckte mir eine Zigarette an. Lev tat es genauso. Dann starrten wir wortlos in den Himmel und beobachteten, wie sich der Zigarettenqualm in der Nachtluft verflüchtigte. Die leere Weinflasche auf dem Dachfirst reflektierte verschiedene Lichtquellen aus der Umgebung. Schön anzusehen.

»Und?«, begann Lev. »Gibt es bei euch daheim auch Kriegslieder wie unser Tjomnaya Notch? Dir schien das

Lied ja wahnsinnig gut gefallen zu haben. Beeindruckend, wie du mit Julija über das Parkett geschwebt bist. Hätte ich dir gar nicht zugetraut.«

Ich überlegte. »Ja, die Melodie hat mir auch sehr gut gefallen. Aber nein, aus Deutschland fällt mir keines ein.«

»Schade.«

Lev summte die Melodie vor sich hin.

»Doch, eines fällt mir ein, das ich noch von meinen Großeltern kenne. Und die haben es wiederum während und nach dem Krieg gesungen. Wobei es eigentlich eher ein Kinderlied ist.«

Ich machte eine kurze Pause, überlegte, und summte Lev den Text dann schließlich in meinem angeheiterten und berauschten Zustand vor.

Maikäfer flieg.
Der Vater ist im Krieg.
Die Mutter ist im Pommerland.
Pommerland ist abgebrannt.
Maikäfer flieg.

Lev zog seine Augenbrauen nach oben.

»Das soll ein Kinderlied sein?«, lachte er ungläubig. »Das ist wohl eher ein Horrorlied für Kinder. Welches Kind möchte denn schon hören, dass sein Vater im Krieg ist und die Mutter in einem Land, welches bereits abgebrannt ist. Und das womöglich noch vor dem Zubettgehen, was?«

»Ja, da hast du allerdings recht«, stimmte ich ihm kleinlaut zu. Ich musste aufstoßen.

»Ihr Deutsche und eure Kriegsbrutalität.«

»Ja, Lev. Aber lassen wir das jetzt«, beendete ich schließlich das Thema.

Ich rauchte meine Zigarette zu Ende und schnipste den Filter in einem weiten Bogen vom Dach. In der Ferne hörten wir zwei Helikopter starten. Sie schwebten eine Zeit lang auf selber Höhe und entfernten sich dann Richtung Norden.

»Wie soll es bei dir eigentlich mal weitergehen? Magst du auch mal heiraten?«, fragte ich Lev nach einer Weile.

»Ich weiß es noch nicht. Vielleicht schon bald, ja. Eigentlich habe ich überhaupt keine Idee, wie es weitergehen soll. In erster Linie versuche ich zunächst mal, das wiederaufzubauen, was ich durch den Krieg verloren habe. Und du? Warum fragst du?«

»Einfach so. Ich weiß es auch noch nicht. Früher oder später werde ich nach Heidelberg zurückkehren müssen. Was dort dann geschehen soll, kann ich dir auch nicht sagen. Vielleicht finde ich ja aber auch hier im Donbass noch eine nette Frau und ich heirate sie bald. Entweder ich nehme sie dann mit nach Heidelberg, oder ich bleibe hier. Aber noch ist das ja alles in den Wind gesprochen.«

Ich lachte. Lev grinste mich an und lachte dann ebenfalls.

»Unsere Frauen lässt du gefälligst hier. Wenn, dann bleibst auch du in Donezk.«

»Ja, ja. Die Liebe. Irgendwann trifft sie dich wie eine Kugel mitten ins Herz und du wirst ihr bis ans Ende der Welt folgen.«

Wir lachten beide und schauten zufrieden in den Nachthimmel und in die zahlreichen Sterne über Donezk.

Nach einer Weile boxte ich Lev erschrocken kräftig auf die Schulter.

»Da, schau mal nach oben! Da, an der Weinflasche!«

Ich zeigte mit dem Finger auf die leere Weinflasche, die noch immer auf dem Dachfirst stand. Lev blickte nun auch angespannt auf das reflektierende Glas.

»Oh verdammt, Paul. Halte ja deinen Kopf hier unten.«

Auf der Weinflasche bewegte sich flink und zittrig ein roter Punkt hin und her. Es war ein Punkt, der von einem Laserpointer oder einem Scharfschützen erzeugt worden sein musste. Wir waren beide urplötzlich mucksmäuschenstill und bewegten uns keinen Zentimeter. Die Glasflasche musste die umliegenden Lichtquellen reflektiert und so jemanden auf uns aufmerksam gemacht haben.

»Ganz ruhig, Paul. Entweder uns hat tatsächlich ein Schütze im Visier, oder es macht sich irgendjemand einen saublöden Spaß daraus.«

Wir hörten beide angestrengt und konzentriert in die Nacht hinein. Eigentlich war nichts Verdächtiges oder Ungewöhnliches zu hören, was den Einsatz von Scharfschützen in der Stadt heute Nacht nötig gemacht hätte. Aber man konnte ja nie wissen.

»Los, lass uns verschwinden. Wir klettern an der Dachschräge entlang zurück zum Fenster.«

Wir zögerten keine Sekunde. Ohne dass sich auch nur einer von uns beiden getraute, seinen Kopf einmal über dem Dachfirst zu erheben, drückten wir uns liegend über die Dachschräge entlang vor zum Fenster. Heilfroh sprangen wir schließlich zurück auf den Dachboden und schlossen erleichtert das Fenster.

»Geschafft. Verdammt nochmal.«

Wir schnauften beide aufgeregt.

»Wahrscheinlich war es wirklich nur einer, der sich einen Spaß mit uns erlaubte. Ansonsten wären es ja auch mehrere rote Laserpunkte gewesen.«

Lev versuchte zu beruhigen und abzulenken.

»Ja, wahrscheinlich«, gab ich ungläubig zurück.

»Wenn ich den in die Finger bekomme, der das war, dann kann er etwas erleben!«

Wir hatten derweil drei Uhr nachts. Die feiernde Gesellschaft um das Hochzeitspaar Yuriy und Irina hatte sich inzwischen etwas aufgelöst. Einzelne Grüppchen saßen noch an den Tischen und unterhielten sich in mäßiger Lautstärke miteinander. Lev und ich verabschiedeten uns schließlich ebenfalls und traten den Heimweg an.

Unten auf der Straße war es deutlich wärmer als oben auf den Dächern über der Stadt. Man fühlte sich auch deutlich sicherer und nicht zu sehr beobachtet. Trotzdem sahen wir zu, dass wir zurück zu unserer Wohnung kamen. Immerhin wollten wir keinesfalls in eine Kontrolle geraten und wegen Verstoßes gegen die nächtliche Ausgangssperre mitgenommen werden.

Obwohl ich recht müde war, konnte ich in jener Nacht zunächst nicht einschlafen und blieb wach auf der Couch liegen. Zu viele Gedanken gingen mir durch den Kopf. In meiner Hand hielt ich Ivans Makarow und hob sie dem Licht entgegen, das durch das Fenster einfiel. Sie glänzte und roch nach Metall. Ich dachte an Yuriy und Irina. Ich dachte an ihre Lebenseinstellung und deren Aussage, wie viel restliche Lebenszeit man hier im Krieg doch unter Umständen noch hatte.

Ich machte mir auch darüber Gedanken, wie es mit mir einmal weitergehen sollte. Eigentlich war ich hier doch eine große Hilfe für alle Beteiligten. Und es gefiel mir hier. Yuriy, Lev und Ivan konnten meine Unterstützung in der Trainingshalle und auch sonst wo, wenn es mit der Versorgung wieder einmal eng wurde, gut gebrauchen. Eigentlich sprach aktuell nichts dagegen, von hier wieder wegzugehen. Daheim in Heidelberg zumindest hätte ich meinen Freunden und den Menschen hier wenig helfen können.

Kapitel 10

Wie es schien, war ich in den frühen Morgenstunden doch noch eingeschlafen und konnte mich so etwas von der Hochzeitsfeier erholen. Der Alkohol hatte mir dann doch zu stark zugesetzt und Katerstimmung machte sich breit. Ich wachte am nächsten Morgen gegen halb zwölf Uhr mittags auf. Besser gesagt wurde ich aufgeweckt. Wie aus dem Nichts schreckte ich von meinem Schlafplatz auf der Couch auf, als ich plötzlich von einer Ladung eiskaltem Wasser durchnässt worden war. Mein Kopfkissen war in der nächsten Sekunde bis auf den letzten Fleck durchtränkt, von meinem Kopf ganz zu schweigen. Neben mir stand Ivan und blickte spöttisch auf mich herab. In seiner einen Hand hielt er einen leeren Kochtopf mit Blumenmuster.

»Spinnst du, verdammt nochmal, du Idiot. Was soll das denn?«, fauchte ich ihn verkatert an.

»Los, steh endlich auf, wir haben noch was vor«, blaffte er zurück und warf mir rüde den Kochtopf auf den Bauch.

»Autsch. Verdammt nochmal, spinnst du? Ivan, was hast du für ein Problem?«

Ivan lief unbeeindruckt in die Küche an den Kühlschrank und holte sich eine Flasche Bier heraus. Dann kam er wieder zurück zu mir ins Wohnzimmer.

»Danke, dass du meine Makarow für mich aufbewahrt hast. Los, jetzt mach, dass du aufstehst und zieh dich endlich an.«

Er öffnete die Flasche mit seinem Gebiss und spuckte mir den Kronkorken an den Kopf.

»Hör doch auf damit, verdammt. Wo ist eigentlich Lev?«

Ivan zog sich den Inhalt der halben Flasche Bier herunter und rülpste anschließend herzhaft.

»Der ist schon los, was erledigen. Wir treffen ihn später wieder. Heute kommst du mal mit mir mit. Wir haben nicht so viel zu tun und ich will dir deshalb mal was zeigen.«

Ich stand schließlich auf und wischte mir das Gesicht an der Bettdecke trocken. Dann zog ich mir meine Jeans an. Ich blickte zu Ivan hoch, der sich genervt im Wohnzimmer umschaute. Er trommelte mit den Fingern auf der Bierflasche herum.

»Deinen Rausch von gestern hast du ja anscheinend gut überstanden, wenn du jetzt schon wieder trinkst. Wir haben gerade mal Mittagszeit.«

Ivan rülpste mich nochmal kurz an.

»Überstanden? Allein sitzengelassen habt ihr mich im Treppenhaus.«

Er trank die Flasche leer und stellte sie auf dem gefliesten Wohnzimmertisch ab.

»Überall hab ich blaue Flecken, ihr Idioten.«

Ivan zog die Ärmel von seinem Pullover etwas nach oben. An den Unterarmen waren etliche blaue Blutergüsse zu erkennen. Anscheinend war er nochmal aufgestanden und die Treppe hinuntergefallen.

»Was besäufst du dich auch immer so furchtbar? Zu zweit haben Lev und ich dich stützen müssen. Ganz zu schweigen von deiner Aktion mit der Pistole. Kannst du dich überhaupt noch daran erinnern?«

»Ja. Na und? Was geht dich das an. Ihr hättet euch ja nicht einmischen brauchen.«

»Sehr witzig, Ivan. Wenn du auch mit solchem Mist anfängst und mit einer Pistole auf mich zielst.«

Ivan gab mir einen kräftigen Schlag auf den Oberarm.

»Da hast du einen blauen Fleck! Los, jetzt mach, Paul. Sonst kommen wir noch zu spät.«

Ich hielt mir schmerzhaft den Oberarm.

»Wo gehen wir denn überhaupt hin?«

Ich ging kurz ins Badezimmer, wusch mich und putzte mir die Zähne. Dann zog ich mir ebenfalls einen Pullover über und feste Schuhe an.

»Wir fahren mit dem Rad etwas außerhalb der Stadt. Auf eine kleine Anhöhe. Von dort aus hat man eine tolle Sicht. Heute Nachmittag soll ein kleines Manöver unserer Jungs stattfinden. Wenn wir Glück haben, sehen wir ein paar Panzer in Aktion.«

Ich rollte mit den Augen.

»Aha. Das klingt ja aber nicht unbedingt toll.«

»Nicht wie du meinst, Paul. Sie fahren nur das Gelände ab und sichern die Umgebung. Es wissen nur wenige davon, also die, die Kontakt zu einigen der Soldaten haben. Reine Routine. Es wird keine Auseinandersetzung geben. Außerdem werden wir nicht die einzigen Schaulustigen dort oben sein. Los, jetzt komm.«

Wir gingen schließlich nach unten und holten uns zwei Fahrräder aus dem Keller. Dann radelten wir los. Ivan fuhr zügig. Ich hatte keine Ahnung, wie er all das nur täglich normal überstehen konnte, bei all seinem Alkoholkonsum. Es war fast ein Wunder, dass er heute nicht halbtot daheim herumlag.

Während unserer Fahrt passierten wir einige fast schon surreale Orte. Neben uns ragte ein verbeulter, in sich zusammengebrochener Funkmast aus Stahlträgern aus dem Boden. Wie das riesige Skelett eines toten Tieres lag er auf einer Länge von fast hundert Metern zusammengekrümmt und geborsten auf dem Boden.

Wir fuhren weiter. Auf einer Wiese neben uns waren zahlreiche Warnschilder in den Boden gerammt, die auf Blindgänger und Minen hinwiesen. Mich schauderte es. Ich sah zu, dass ich die geteerte schmale Straße auf keinen Fall mit meinem Fahrrad verließ.

Ivan hingegen ließ die ganzen Szenen recht emotionslos an sich vorüberziehen. Und dann kamen wir immer wieder an ausgebrannten Fahrzeugwracks vorbei, die verlassen am Straßenrand standen. Als wir direkt vor uns über eine kleine Betonbrücke fahren wollten, war die Fahrbahn dort so zerstört und voller Löcher, dass wir kurzerhand vom Fahrrad absteigen und schieben mussten. Ich betete zu Gott, dass der klägliche Rest der Brücke in diesem Moment nicht auch noch nachgab.

Nach einer halben Stunde Fahrt waren wir schließlich auf einer doch weitläufigen Anhöhe angekommen, die Ivan zuvor noch angekündigt hatte. Sie befand sich in der Nähe eines kleinen Waldstückes. In der Tat waren einige wenige Schaulustige versammelt und blickten den Abhang hinunter.

Mich schüttelte es vor Kälte. Das Wetter war heute mehr als bescheiden. In so kurzer Zeit war das Wetter von angenehm warm noch in der Nacht zu nun ungemütlich und kalt gewechselt. Es nieselte seit dem Morgen und war grau bewölkt.

Ivan kramte in seiner Bauchtasche und holte ein kleines Fernglas hervor. Er ging ein paar Schritte, wechselte kurz einige Worte mit einem anderen Schaulustigen und kam dann zu mir zurück.

»Da vorne«, sagte er zu mir und zeigte den Abhang hinab in die Ferne. »Die Gebäude dort hinten am Wald werden beseitigt. Mit einem Sprengsatz oder was auch immer. Warten wir es mal ab.«

»Wozu das denn?«, fragte ich betroffen. »Wozu denn beseitigen?«

»Keine Ahnung. Warte es doch einfach mal ab und frage nicht immer so viel. Wir werden es schon noch rechtzeitig erfahren, wenn ein Schuss abgegeben wird.«

Noch nie hatte ich zuvor gesehen, wie eine Rakete abgeschossen und auf einem Ziel detoniert war. Gebannt schaute ich auf die Gebäude am Ende der Anhöhe. Wir warteten.

»Hat dir Yuriys Feier gestern gefallen?«

Ivan schaute konzentriert durch sein Fernglas und gab mir nur abwesend eine Antwort.

»Ja, kann schon sein. War doch ganz gut, oder? Wie jede Feier. Hat sie dir etwa nicht gefallen?«

»Doch, klar. Ich fand sie super.«

Ich hob mein Fahrrad vom Boden auf und stützte mich darauf ab, um nicht die ganze Zeit stehen zu müssen. Es fing an etwas stärker zu regnen. Ich zündete mir eine Zigarette an.

Wir harrten weiterhin auf der Anhöhe aus und blickten über eine weite Fläche hinab. Er war viel Feld und Ackerland zu sehen. Dazwischen vereinzelt Bäume und Sträucher. Ivan reichte mir sein Fernglas.

»Siehst du die kleine Fabrikanlage da vorne? Das Gebäude direkt am Wald? In etwa fünf Minuten sollte es losgehen.«

Ich schaute durch das Fernglas. Zu sehen war eine tatsächlich sehr kleine und bereits durchaus sehr alte und graue Fabrikhalle mit leeren Fensterhöhlen. Abseits davon standen vier verrostete Getreidesilos in regelmäßigem

Abstand nebeneinander. Auf dem gesamten Gelände schien keine einzige andere Person zu sein. Generell machte die Fabrikanlage einen sehr verlassenen und verfallenen Eindruck. Auf Parkplätzen und Freiflächen türmten sich Schutt und Unrat. Unkraut und junge Bäume eroberten sich ihren Lebensraum zurück. Ich gab Ivan das Fernglas zurück.

»Vermutlich wird die Anlage genau deshalb beseitigt, weil sie verlassen und heruntergekommen ist. So etwas braucht doch sowieso keiner mehr.«

Wir legten beide unsere Fahrräder ins nasse Gras und legten uns dann mit dem Bauch flach auf die Asphaltstraße, sodass wir in dieser Position einen guten Blick auf die kleine Fabrikanlage hatten und dabei nicht selbst wie Zielscheiben in der Gegend herumstanden. Es regnete weiter und die Kälte kroch mir allmählich in den Körper.

»Auf was warten wir eigentlich noch? Das ist doch eine bescheuerte Idee, Ivan.«

»Pssst, halt deinen verdammten Mund«, unterbrach er mich ärgerlich. »Du wirst gleich sehen.«

Er schaute angespannt in das Fernglas und war vollkommen konzentriert. Da mir nichts anderes übrigblieb, musste ich warten.

»Dieser verdammte Alkohol«, stöhnte ich noch immer verkatert.

Mir begann allmählich der Rücken wehzutun, was vermutlich auch daran lag, dass wir mitten im Regen auf einer eiskalten Asphaltstraße herumlagen und wie Bekloppte die Anhöhe hinunterstarrten.

»Jetzt ist es soweit. Sie geben Signal!«, platzte es plötzlich aus Ivan heraus. Kurz danach folgte ein dumpfer, aber merkwürdig leiser Knall.

»Da fliegt sie, siehst du?«

Ivan zeigte begeistert mit dem Finger in Richtung der Fabrikanlage. Ich kniff beide Augen zusammen, konnte aber beileibe nichts erkennen.

»Doch, jetzt!«

Vom Fuße unserer Anhöhe aus entfernte sich ein kleiner rotglühender Punkt, genau in die Richtung der Fabrik. Er flog nicht linear, sondern schlingerte leicht um die eigene Achse. Je weiter er von uns wegflog, desto langsamer wurde er anscheinend und schien am Ende beinahe ganz in der Luft stehenzubleiben. Dann hatte der rotglühende Punkt das Fabrikgebäude beinahe erreicht.

»Achtung, jetzt!«, sagte Ivan laut und schaute gespannt auf das Gebäude.

Ich erschrak. Der rote Punkt traf auf die rechte Seite des Gebäudes und detonierte dort mit einem kleinen weißen Lichtblitz. Eine tausendstel Sekunde nach dem Lichtblitz flog schließlich auf einer Breite von etwa achtzig Metern das komplette Fabrikgebäude in die Luft. Urplötzlich wurde es in eine gewaltige Schuttwolke gehüllt, selbst auf der linken Seite, an der das Geschoss überhaupt nicht eingeschlagen war.

Zwei Sekunden später erreichte uns der Knall der gewaltigen Explosion. Mit einem gefährlichen Grollen walzte der Schall über uns und das Gelände hinweg. Ich drückte mich auf den Boden. Ivan tat derweil seine Freunde kund und stieß überwältigt einige Worte auf Russisch aus.

»Wow, heilige Mutter, hast du die Explosion gesehen? Einfach unglaublich!«

Ich gab nur ein kurzes »Ja« zur Antwort.

Es dauerte eine Weile, bis sich der Staub über der Fabrikhalle gelegt hatte. Dann schließlich, als der graue Schleier wieder einigermaßen Umrisse zu erkennen freigab, konnte ich sehen, dass das Fabrikgebäude nicht mehr da war. Es war nur noch ein großer Haufen qualmender Schutt von ihm übriggeblieben. Lediglich eine Mauer auf der ganz linken Seite stand noch einigermaßen unversehrt da.

»Was war denn das? Ein Panzer?«, fragte ich entsetzt.

»Nein, vermutlich ein RPG7 oder irgendeine lenkbare Rakete.«

Unter uns ertönte plötzlich ein Grollen. Wir erhoben beide unsere Köpfe, und schauten vorsichtig den Abhang hinab. Langsam tauchten schließlich ein Panzer und mehrere Infanteristen auf. Sie bewegten sich vorsichtig auf das Fabrikgelände zu.

»Ja, eine Panzerabwehrlenkwaffe«, nuschelte Ivan und betrachtete mit seinem Fernglas das Panzerfahrzeug und die Soldaten.

»Los, wir gehen, Ivan. Bevor noch etwas passiert.«

Ich zog ihm das Fernglas weg und ging geduckt zu den Fahrrädern.

»Was ist denn, Paul? Es kann doch nichts passieren. Es ist doch kein Feindbeschuss. Die machen nur die Gegend hier sauber.«

Ich schaute Ivan verärgert an und schüttelte nur den Kopf.

»Sehr schön. Das beruhigt mich jetzt unheimlich, Ivan. Wenn da wirklich alles so ungefährlich gewesen wäre, wie du gesagt hast, dann hätten sie das Gebäude einfach normal gesprengt und nicht aus sicherer Entfernung beschossen. Los, mach und nimm dein Fahrrad. Ich möchte hier nicht länger bleiben.«

Ivan schaute mich genervt an und flüsterte etwas auf Russisch.

»Was? Hast du zufällig gesehen, wie vorsichtig die Soldaten auf das Gebäude zugehen? Nie im Leben ist das nur Routine.«

»Ist ja okay. Wir fahren ja wieder.«

Ivan nahm wehleidig sein Rad und wir verließen die Anhöhe zurück in Richtung der Stadt. Es regnete noch immer mäßig.

Mir war überaus unwohl bei der Sache und es war eine große Dummheit von uns gewesen, dort hinzufahren. Zurück zwischen Gebäuden und anderen Zivilisten fühlte ich mich deutlich wohler. Das eigenartige Gefühl jedoch blieb.

Lev wartete inzwischen von dem Hauseingang auf uns. Er hatte sich an die Hauswand gelehnt und rauchte eine Zigarette. Wortlos nahm er unsere Ankunft zur Kenntnis. Ivan und ich stellten unsere Fahrräder im Treppenhaus neben den Briefkästen ab.

»Warum rauchst du eigentlich so viel? Du weißt doch, wie ungesund das ist«, warf ich Lev entgegen. »Seit du in Heidelberg angekommen bist und ich mit dir unterwegs bin, habe auch ich wieder damit angefangen.«

Er schnipste mir seine Kippe vor die Füße und blies mir den Rauch ins Gesicht, sodass ich husten musste. Dann kam Ivan auf mich zu und beantwortete mir die Frage gereizt, bevor Lev dies tun konnte.

»Was interessiert uns das, ob es gesund ist oder nicht? Wer weiß denn schon, wie alt wir überhaupt werden«, brummte er mich an und stieß mich im Vorbeigehen mit seiner Schulter zur Seite.

»Was ist denn mit dir los?«, fragte Lev Ivan erheitert.

»Er ist beleidigt, weil wir nicht zugesehen haben, wie die Soldaten ein Fabrikgebäude beseitigt haben«, kam ich nun Ivan zuvor.

»Was?«

Lev lachte. Ivan schubste mich nun nochmals zur Seite und wandte sich Lev zu. Sie unterhielten sich daraufhin eine Weile auf Russisch miteinander. Ich konnte ihnen nicht folgen. Ironischerweise war ich es nun, der sich eine Zigarette anzündete und, während ich sie rauchte, abwechselnd die linke und rechte Straßenseite beobachtete.

Es gab wie immer nichts Ungewöhnliches zu sehen. Es kam mir beinahe wieder so vor, als stünde ich mitten auf einer Straßenzeile in Heidelberg. Am Gehweg war Levs schwarzer Mercedes geparkt. Ein schöner Wagen. Auch wenn er mittlerweile in die Jahre gekommen war. In mir wurden bei dessen Anblick Erinnerungen an die Zeit mit Lev in Ostpolen wach.

Nachdem sich Ivan von uns verabschiedet hatte, machte ich mit Lev für den Rest des Nachmittags das Feuerholz im Hinterhof zurecht. Lev zerschlug und spaltete es mit der Axt, während ich die Holzscheite mit der Schubkarre an einen Unterstand beförderte und sie dort stapelte. Die Beschäftigung an der frischen Luft tat meinem Kater gut und die Kopfschmerzen waren bald verflogen.

Kapitel 11

Es wurde allmählich dunkel. Nachdem wir in der Wohnung zu Abend gegessen hatten, setzte ich mich noch etwas an den Laptop, um mich über die aktuellen Nachrichten aus Wirtschaft, Politik und Gesellschaft aus Deutschland zu informieren. Anleihekäufe der Europäischen Zentralbank, Niedrigzinsen und steigende Aktienmärkte sowie der G7 Gipfel auf Schloss Elmau waren dominante Themen. Lev regte sich derweil über widersprüchliche Aussagen seiner Freunde auf dem Kurznachrichtendienst WhatsApp auf.

»Was ist denn schon wieder?«

»Ach, nichts Besonderes. Einige Kameraden aus der Armee wurden in Alarmbereitschaft versetzt. Ivan wiederum behauptet, es sei nur eine Übung oder eine falsche Information. Wie so oft. Bin ich froh, dass mein Grundwehrdienst vorbei ist und ich nicht mehr in dieser Armee bin. Vor allem jetzt, in Zeiten unserer neuen Volksrepublik Donezk.«

»Das glaube ich dir zu gern, Lev. Warum denn aber Alarmbereitschaft?«

Lev schnaufte schwermütig.

»Ach, ich habe doch auch keine Ahnung. Anscheinend, weil irgendwelche Truppenbewegungen stattfinden. Aber das tun sie doch immer. Das ist mir jetzt alles egal.«

Lev schaltete das Smartphone aus und legte es beiseite.

»Ich trinke noch ein Bier und leg mich dann hin. Ich bin erledigt für heute.«

Ich nickte ihm wortlos zu und las weiter in meinen

Nachrichtenartikeln. Es war kurz nach zwölf Uhr nachts geworden und draußen auf den Straßen war es stockdunkel. Dem Anschein nach hatte die Stadt schon wieder die Straßenbeleuchtung abgeschaltet. Zumindest war kein Strom vorhanden.

Ich schaltete den Laptop aus und legte mich ebenfalls schlafen. Erneut gingen mir die verschiedensten Gedanken durch den Kopf.

Wie sollte es generell weitergehen? Wie lange sollte ich noch bleiben? Ich hatte einfach keinen Plan. Diese Tatsache machte mich unruhig. Morgen würde ich deshalb Isabel und Steffen mal wieder eine Nachricht schreiben. Draußen auf der Straße war es mucksmäuschenstill. Ich döste langsam ein.

Ich lag keine zwanzig Minuten im Bett, als von draußen eine Sirene ertönte. Von einer Sekunde auf die nächste stand ich senkrecht auf der Couch. Kurz darauf rumpelte es im Schlafzimmer und Lev riss die Türe auf. Er musste vor Schreck aus dem Bett gefallen sein.

»Los, steh auf, Paul!«, brüllte er mich an wie von Sinnen. Da erst bemerkte ich, dass er mich aus Angst anbrüllte. Draußen heulte wieder die Sirene auf.

»Wir haben Luftalarm! Los, zieh dir was an und mach, dass du hier rauskommst! Es kann jeden Moment losgehen, verdammt.«

Mir wurde plötzlich ganz anders und ich bekam es ebenfalls mit der Angst zu tun. Ich war mit der Situation zunächst völlig überfordert und wusste zuerst nicht, wo ich hinlangen sollte. Lev brüllte mich erneut an.

»Du Vollidiot, willst du etwa hier sitzen bleiben?«

Ich sprang in meine Jeans und zog mir eilig einen Pullover über. Die Schuhe nahm ich beim Rennen in die Hand, um sie später anzuziehen. Dazu hatte ich jetzt keine Zeit mehr. Lev hechtete ebenfalls überstürzt auf den Ausgang zum Treppenhaus zu. An der Wohnungstüre stießen wir zusammen und fielen beide zu Boden. Unsere Schuhe verteilten sich überall im Flur. Das Licht funktionierte nicht mehr. Wir hatten keinen Strom.

»Los, mach schon! Nach unten!«, fauchte Lev mich an.

Wir hatten im Dunkel noch nicht einmal unsere Schuhe wiederfinden können, als aus der Ferne ein heulendes Geräusch und ein Grollen ertönte. Vom Fenster aus nahmen wir Lichtblitze wahr. Dann der erste Knall. Die Wohnung bebte leicht.

»Es ist zu spät. Sie schießen bereits.«

Levs Stimme war zittrig geworden. Er brüllte mich wieder an und war wie von Sinnen. Ich selbst war gelähmt und konnte auch Lev nicht mehr verstehen. Ich wusste nicht ob vor oder zurück, sondern stand einfach nur da und schaute auf Lev und die auf dem Boden liegenden Schuhe, soweit ich sie in der Dunkelheit überhaupt erkennen konnte.

Dann wieder ein Lichtblitz. Durch das Fenster im Wohnzimmer konnten wir am Nachthimmel die Schweife der Raketen erkennen, die eine nach der anderen im Sekundentakt abgefeuert wurden. Eigentlich erschienen sie weit von uns entfernt zu sein, womöglich von mehreren Lafetten außerhalb der Stadt aus abgefeuert. Deren Grollen und Beben aber fühlte sich bedrohlich nahe an.

Ich war noch immer gelähmt. Lev fuhr mich erneut an, aber ich reagierte nicht auf ihn. Er stand direkt vor mir, brüllte mir ins Gesicht, aber ich konnte ihn einfach nicht verstehen. In meinem Kopf pfiff es.

Seine Geduld war am Ende. Er gab mir einen heftigen

Schlag auf das Kinn und schubste mich grob zu Boden. Dann sprang er ebenfalls auf den Boden und wir rutschten auf dem Parkett zurück ins Wohnzimmer unter den Esstisch. Dort zog er auch mich mit hin.

Ich blutete leicht aus dem Mund und wischte mir die Flüssigkeit am Pullover ab. Draußen erhellte nun Leuchtspurmunition den Himmel und die Fensterscheiben der Wohnung wurden in ein rötliches und grünliches Licht getaucht. Es knallte unerbittlich.

»Wir bleiben hier unter dem Tisch auf dem Boden. Das ist noch am sichersten so. Wenn das Haus getroffen wird, haben wir sowieso keine Chance mehr.«

»Keine Chance mehr?«

Levs Worte brachten mir Tränen in die Augen. Mein Herz schlug so stark, dass ich beinahe keine Luft mehr bekam. Ich hatte immer größere Angst und war kurz davor, selbst anzufangen zu brüllen.

Ich griff nach Lev und schüttelte ihn. Der schlug mir nochmals ins Gesicht. Ich fiel nach hinten und schlug mir den Kopf an einem Tischbein an.

»Jetzt reiß dich zusammen, Paul. So hilfst du uns auf keinen Fall weiter.«

Ich hielt mir die Ohren zu, so fest ich nur konnte.

»Ich werde noch verrückt. Ich will, dass es aufhört, aufhört! Aber es geht weiter, immer weiter, verdammt.«

Das Haus bebte erneut heftig. Das Knallen und die Detonationen waren unerträglich. Sie tauchten jederzeit und unvorhergesehen über uns auf. So schnell sie kamen, so schnell waren sie auch wieder weg. Und dann gleich die nächste Detonation ganz in der Nähe. Immer und immer wieder. Ohne Pause.

Und dann das ständige Knattern der Maschinenpistolen, das man mitunter sogar schon überhörte und gar nicht mehr richtig registrieren konnte. So, als wäre es das normalste Geräusch, das man in der Nacht draußen hören konnte.

Lev legte mir einen Arm um die Schulter und drückte mich an sich. Auch er hatte inzwischen Tränen in den Augen und zitterte. Sein und mein Gesicht wurden abwechselnd erhellt, verschwanden aber gleich darauf wieder im Dunkeln. Ab und zu im Grün und Rot der über uns zischenden Leuchtspurmunition tanzten unsere Schatten auf der Wand hinter uns wild umher. Je nachdem, von wo aus draußen ein Lichtblitz durch das Fenster eindrang. Putz rieselte von der Decke. Es knirschte und dröhnte.

Vom andauernden Lärm platzte mir fast der Schädel. Ich drückte mir beide Ohren so fest zu, wie ich nur konnte. Das eigentlich Schlimme war aber das Gefühl und die Vorahnung, dass es jederzeit, an jedem Ort und bei jeder nächsten Bewegung zu Ende sein könnte. Jederzeit musste man damit rechnen, dass die nächste Detonation direkt neben einem zerbersten würde. Jederzeit konnte man selbst von einem Geschoss oder einer Kugel getroffen werden. Jederzeit konnte das Haus, in welchem man sich befand, getroffen werden und in sich zusammenfallen. Es war nur eine Frage der Zeit. Oder eine Frage des Glücks, dass es nicht passierte.

Ich fühlte mich ausgeliefert und hilflos. Wie auf einem Präsentierteller. Jeder Schritt und jede Bewegung, die ich jetzt noch machte, könnte meine letzte sein. Jeden Augenblick könnte ich abgeknallt werden.

Das Leben in jenem Moment war so vergänglich und zerbrechlich. Die Entscheidung dafür trug allein der Soldat, der uns ins Ziel nahm. Es war ein Ohnmachtsgefühl ohnegleichen, welches mich psychisch zermürbte. Ich erschrak bei jeder Detonation und bei jedem Lichtblitz. Lev ebenso.

Überhaupt taten es alle Zivilisten, die an der direkten Kontaktlinie lebten und den Beschuss erlebt hatten. Männer, Frauen, Kinder und Alte. Wir erschraken selbst tagsüber, wenn irgendein Idiot einen Korken knallen ließ oder unbedacht eine Autotür laut zuschlug.

Wir alle waren wehrlos und konnten nur zusehen, wie die Leuchtspurmunition grelle Schweife am Nachthimmel über unseren Köpfen hinterließ. Ich weinte.

»Du musst versuchen, an etwas anderes zu denken. Presse dir fest die Ohren zu und denke an etwas anderes. Denke an zu Hause. Denke an dein Heidelberg«, flüsterte mir Lev zu. Ich sah ihn ungläubig und weinerlich an.

Wir pressten Augen und Ohren fest zu und kauerten uns ganz klein unter dem Esstisch an die Fußleiste der Wand. Ich zitterte. Ich erschrak. Ich heulte. Wieder ein Geschoss ganz in der Nähe.

So verging langsam die Nacht.

Gegen halb vier Uhr früh ließ der Beschuss schließlich nach. Nur noch ab und zu ertönte in der Ferne ein Knall oder eine einsame Salve Maschinenpistolenfeuer strich über das Land. Es hörte sich an, wie eine zu Ende gehende Silvesternacht.

Lev und ich blieben beide angespannt auf dem Boden gekauert liegen, ohne uns zu bewegen. Wir zitterten noch immer. Die Nacht wich dem Tag. Es war sechs Uhr früh geworden.

Ich hatte starke Kopfschmerzen. Draußen war es still. Langsam versuchten Lev und ich uns an das Fenster vorzutasten, um einen Blick nach draußen zu erhaschen. Auf dem Boden vor dem Fenster lagen Glassplitter. Ein Fensterglas war durch ein Geschoss, welches ganz in der Nähe detoniert war, geborsten. Wir lugten vorsichtig über den Fenstersims und die Sandsäcke ins Freie.

Auf der Straße war es neblig und es roch verbrannt. Von rechts und links konnten wir aber Stimmen hören.

»Komm mit. Es hat aufgehört. Es ist vorbei.«

Lev zog mich an einem Arm hoch. »Los, komm.«

Ich schüttelte meinen Kopf wie ein Hund. Levs Worte konnte ich nur mit einem leisen, aber statischen Pfeifton wahrnehmen, der einfach nicht aufhören wollte.

»Es geht für uns weiter, Paul.«

Beim Hinausgehen ging ich im Flur an einem Spiegel vorbei. Auch er hatte einen Sprung abbekommen. Ich sah meinem Spiegelbild mit einem leeren und ausdruckslosen Blick entgegen.

Meine Haare waren verstrubbelt und durch das Weinen klebte in meinem Gesicht der Staub, der gestern Nacht von der Decke zu Boden gefallen war. Ich hatte tiefe Augenringe und gerötete Augen. Schwach wischte ich mir kurz über Gesicht und Haare. Lev sah nicht viel anders aus.

»Los, jetzt komm schon«, drängte er.

Ich folgte ihm ins Treppenhaus, wo wir unsere Schuhe wieder zusammensuchten und anzogen, die uns gestern Nacht noch aus den Händen gefallen waren. Dann gingen wir hinunter auf die Straße, wo das Leben tatsächlich weiterging. Die Anwohner kehrten die Straße. Passanten kauften Lebensmittel. Fahrzeuge brachten Post und Waren in die Geschäfte.

Ich taumelte Lev benommen hinterher. Die Sonnenstrahlen schmerzten in meinen Augen. Die Luft roch nach Staub und Verbranntem. Alles war so unwirklich.

Und noch immer herrschte das Gefühl der Ohnmacht in jedem von uns. Das Gefühl, jederzeit getroffen zu werden und sterben zu müssen. Man konnte es in den Gesichtern der Menschen sehen.

Mir war schlecht. Der Straßenzug war nicht mehr derselbe wie gestern Abend. Levs Mercedes war mit einer grauen Staubschicht überzogen. Die Gebäude sahen grau und zerrissen aus. Eine Fassade war sogar komplett eingestürzt. Davor standen ausgebrannte und verkohlte Autos, die noch immer qualmten.

Als wir langsam an ihnen vorbeigingen, wirkten sie, als gafften sie uns wie Skelette leblos an. Mein Blick blieb schockiert auf ihnen kleben. Mit einer weißen Spraydose hatte man Worte auf kyrillisch auf die Wracks gesprüht.

Wir gingen weiter. Lev und ich schwiegen uns nur an. Wir trotteten wortlos durch die Stadt.

Bei Ivan aßen und tranken wir und konnten uns etwas waschen. Bei ihm war die Nacht nicht ganz so schlimm gewesen und sein Straßenzug hatte nichts abbekommen.

Dann suchten wir nach Nachrichten und Informationen zur aktuellen Lage. Auch dort schwiegen sich die meisten Menschen nur an, auf die wir trafen. Lev organisierte einiges an Lebensmitteln und sonstigen Utensilien für daheim.

Wir arrangierten uns mit der Situation und dem Geschehenen. Wir hatten keine andere Wahl. Denn im Stich lassen wollten wir hier keinen.

Mich selbst allerdings hatte das Erlebnis verändert. Es war nichts mehr, wie es einmal war.

So verging die Zeit. Tag für Tag. Und immer in ständiger Angst, dass es sich wiederholen würde. Ich konnte es nicht glauben, dass es damals, vor kurzer Zeit noch, in Heidelberg doch Nächte gab, in denen man einfach zufrieden zu Bett, durchschlafen und dann am nächsten Morgen wieder sorglos aufstehen konnte.

Ich konnte es nicht glauben, dass man damals in Heidelberg einfach abends in eine Bar oder ein Café gehen konnte, ohne dabei in eine Kontrolle oder eine Warnung vor einem Beschuss zu geraten. Ich konnte es zu diesem Zeitpunkt einfach nicht mehr glauben.

»In welcher Selbstverständlichkeit doch meine Generation im Frieden aufgewachsen ist. Wir machen es uns viel zu selten bewusst. Und wir geben diese Kostbarkeit wahrscheinlich auch viel zu leicht aus den Händen. Weil es einfach keinen interessiert.«

»Der Krieg verändert die Menschen«, erklärte mir Lev. »Der Krieg verändert uns alle. Er lässt jede Fröhlichkeit und Zuversicht in uns verschwinden. Der Krieg verbittert. Ist dir beispielsweise aufgefallen, dass die Menschen hier aufhören zu planen? Sie planen nicht mehr und sparen nicht mehr. Sie leben einfach. Wer weiß, wie lange noch.«

Ich hörte regungslos zu und beobachtete einige Passanten, die vor dem Eingang einer Schule standen. Es waren junge Mütter, etwa in unserem Alter.

Abwesend standen sie auf der Treppe und rauchten, während sie ihren Kindern beim Spielen zusahen. Sie schauten mitgenommen und besorgt aus. Nur die Kinder spielten.

»Welch ein Glück, dass wenigstens die Kinder nicht die Freude am Leben hier verloren haben. Für sie ist das alles nur ein riesiger Spielplatz und ein riesiges Abenteuer.«

Das Kinderlachen tönte über die Straße zu uns herüber.

»Trotzdem wird das Ganze auch an ihnen nicht spurlos vorübergehen. Es bleibt für sie so lange ein riesiger Spielplatz und ein riesiges Abenteuer, bis eines Tages der Vater, die Mutter, oder ein Geschwisterteil nicht mehr nach Hause kommt.«

Ich hörte Lev weiter zu.

»Die Menschen schließen innerlich ab. Sofern sie das überhaupt können. Sei froh, Paul, wenn du dazu überhaupt in der Lage bist. Abzuschließen.«

»Wie meinst du denn das?«

»Naja, wer von uns weiß schon, wie es weitergeht? Ob das Leben morgen oder vielleicht später noch weitergeht? Wenn du in der Lage bist, in Zufriedenheit und Glückseligkeit abzuschließen, dann bist du auch jetzt, zu Lebzeiten glücklich und zufrieden. Es mag einem schwer fallen, das zu glauben. Aber der Krieg hier beweist es uns jeden Tag aufs Neue. Zum Beispiel die Mütter dort hinten. Sie würden sich jederzeit für ihre Kinder aufopfern. Sie alle wollen nur, dass es ihren Kindern gut geht und dass der Krieg so schnell als möglich vorbeigeht. Ich wiederum würde mich jederzeit für meine noch verbliebene Familie aufopfern. Und die Kameraden und Soldaten hier, die sich selbst wahrscheinlich gegenseitig seit Kindheitstagen kennen, bestimmt für sich gegenseitig. Jeder hat hier etwas, das ihn antreibt. Auch du, Paul. Denke mal darüber nach. Ansonsten würde man längst nicht mehr hier sein.«

Ich musste betroffen anfangen zu husten. In meiner Jackentasche kramte ich nach einer Packung Zigaretten. Ich zündete mir eine an. Auch Lev nahm sich eine. Er ließ sie in seinem Mundwinkel auf und ab tanzen, als er weiter anfing zu erzählen.

»Meine Seele ist bereit dazu. Ich bin mit mir im Reinen und genieße hier jeden einzelnen Tag, soweit es mir möglich ist. Ich achte jeden meiner Mitmenschen und helfe, wo ich nur kann. So, als wäre es mein letzter Tag oder mein letztes Gegenüber.«

Lev hustete, nahm die Zigarette aus dem Mund und blies den Rauch in die Luft.

»Überlege dir das mal, Paul. Und das in unserem Alter. Und es gibt Menschen im Krieg, die gerade einmal halb so alt sind wie wir.«

Ich dachte über Levs Worte oft nach. Jetzt, wo ich einen kleinen Teil des Konfliktes selbst miterlebt hatte, konnte ich diese Aussage überhaupt erst nachvollziehen und verstehen. Je mehr Schicksale ich hier sah und miterlebte, desto mehr war auch ich dazu bereit, mit mir selbst ins Reine zu kommen. Es war wie ein weiterer Schritt hin zur Glückseligkeit. Eine Glückseligkeit mitten im Krieg.

Ich dachte mir immer, da man im Krieg nichts Materielles besitzen kann oder es zumindest schwierig oder im Grunde auch völlig überflüssig ist, Dinge anzuhäufen oder wie manch anderer sie zu plündern; denn immerhin zählt am Ende das eigene Leben, hat man oft viel mehr Zeit dazu, sich auf sich selbst zu besinnen.

Man hat Zeit, während man geht, während man fährt, während des Schweigens beim Essen, oder nachts, wenn man vor Angst hellwach und zusammengekauert nur da liegt und in die Dunkelheit hinein lauscht. Es sind Gedanken über sich selbst und seine Mitmenschen.

Was bin ich überhaupt für ein Mensch? Was habe ich in

meinem Leben geschaffen und zerstört? Wie gehe ich mit meinen Mitmenschen um? Wie kann ich das Leben, in welchem jederzeit die Stunde Null schlagen kann, ein klein wenig besser machen? Obwohl man doch im Grunde überhaupt nichts besitzt.

Der eigene Geist wird dadurch mit der Zeit erleichtert. Man wird fokussierter auf das Wesentliche und Notwendigste.

Lev konnte mir das nur bestätigen. Er hatte bemerkt, dass auch ich mich durch die Eindrücke und Erlebnisse hier verändert hatte. Es waren die kleinen, ungeschriebenen Erkenntnisse, die mich beeinflusst hatten. Erkenntnisse wie; je näher man an die Frontlinie gelangt, desto weniger Wert haben die Devisen in der eigenen Hosentasche.

An der Frontlinie zählt am Ende nur das Leben. Kein Geld der Welt kann einem hier eine weitere Minute erkaufen. Kein einziger Dollar, Euro, Hrywnja oder Rubel. Denn die Uhren stehen hier auf null. Für jeden von uns.

Kapitel 12

Es war mittlerweile August geworden. In Donezk war der Hochsommer angekommen und die Menschen verbrachten die meiste Zeit draußen im Freien. Viele genossen die Tage an den Uferpromenaden des Kalmius oder gingen in den Fußgängerzonen spazieren.

Lev und ich machten uns derweil auf zur Trainingshalle, wo wir auch Ivan und Yuriy treffen sollten. Die Sommerstimmung machte mich jedoch misstrauisch. Seit dem Erlebnis mit dem nächtlichen Angriff hatte sich für mich viel geändert. Von Zeit zu Zeit überkam mich noch immer ein Zittern am ganzen Leib und ich erschrak vor jedem noch so harmlosen Geräusch oder jeder noch so unbedeutenden Bewegung auf der Straße. Es war an mir haften geblieben und ging nicht wieder weg.

Der Angriff in jener Nacht im Juli war einer der stärksten in der Donezker Innenstadt gewesen, seit den Verhandlungen vom Minsker Abkommen. Seit diesem Tag gab es keine weiteren Angriffe mehr in dieser Größenordnung. Lediglich waren es dann kleinere Auseinandersetzungen oder Beschüsse gewesen.

»Komm runter, Paul, es ist lange vorbei.«

Lev verlangte das leichter von mir, als ich es dann auch umsetzen konnte. Mein Herz hämmerte noch immer vor Angst und Aufregung.

»Da, nimm dir mal eine Zigarette.«

Lev hielt mir eine Packung und ein Feuerzeug entgegen.

»Danke.«

»Wenn wir in der Trainingshalle sind, soll Ivan dir erst

mal ein kleines Bier geben. Das bringt dich etwas runter. Heute ist es ja mal wieder schlimm mit dir.«

Nach einer Viertelstunde waren wir angekommen. Ivan und Yuriy saßen bereits an der Bar.

Die Trainingshalle hatte gestern Nacht, bei einem kurzen Beschuss, kleinere Beschädigungen davongetragen. Bis auf einzelne zersprungene Fenster hatte die Halle aber nichts Ernsteres abbekommen.

»Die Schäden werden wir schnell wieder beseitigt haben«, meinte Yuriy. »Hauptsache, wir können den Laden schnellstmöglich wieder öffnen und die Billardtische und Boxhalle freigeben. Die Leute warten schon darauf.«

Wir machten uns an die Arbeit und hatten die Bar sowie die Trainingsräume schnell wieder hergerichtet. Das war für uns zunächst das Wichtigste. Alles andere konnte warten.

Später fanden wir uns zum Mittagessen in einer Art provisorischer Suppenküche in der Nähe des Regierungsgebäudes der Volksrepublik Donezk wieder zusammen. Lev hingegen verabschiedete sich über die Mittagszeit und fuhr mit seinem Mercedes zu Ilja, der einen kleinen Handwerksladen führte, um dort neues Werkzeug zu holen sowie anschließend die Versorgung mit Arznei und Lebensmitteln zu organisieren.

Ilja arbeitete bei den Behörden und organisierte über Privatleute die Versorgung in der Stadt, wo diese nicht garantiert war. Lev half ihm damit. Ich blieb derweil bei Yuriy und Ivan.

Die Suppenküche war in einer großen Halle oder einer Art Depot, das früher von der städtischen Feuerwehr für ihre Fahrzeuge genutzt worden war, untergebracht. Jetzt hatte man hier reihenweise Tische und Bänke aufgebaut, an denen Zivilisten und Helfer Lebensmittel oder Mahlzeiten erhalten konnten.

Am Ende dieser Halle war ein Tresen aufgebaut, an welchem heute eine Suppe mit Brot ausgegeben wurde. Hinter dem Tresen dampften, von einem Sichtschutz aus Plastikplanen verdeckt, die Töpfe aus der Küche.

Die Frauen, die die Suppe ausgaben, waren stämmige, aber sehr freundliche Ukrainerinnen mit kompakt und praktisch zusammengeflochtenen Haaren. Hinter ihnen war eine übergroße Fahne der Volksrepublik Donezk aufgehängt.

Sie gaben jedem, der sich in der Schlange angestellt hatte, zwei große Schöpfkellen der heißen Suppe in den Teller und wünschten dann eine gute Mahlzeit. Ich setzte mich zu Ivan und Yuriy an die Tafel und wir warteten auf ein paar weitere Kameraden. Neugierig schaute ich mich um.

In einer allgemeinen Ruhe saßen in der ganzen Halle die Leute an den Tischen, unterhielten sich gedämpft und aßen. Es war eine ganz andere Atmosphäre als in den Kantinen daheim in Heidelberg. Komisch war, dass hier kein einziger Mensch in der Halle diskutierte, ob die Mahlzeiten vegetarisch, mit oder ohne Gluten, laktosefrei oder nicht oder »bio« oder nicht waren. Es war einfach jeder froh, überhaupt etwas zu bekommen und nicht im Stich gelassen zu werden.

Bei uns in Deutschland hätte die Küche wahrscheinlich schon eine Beschwerde am Hals gehabt, weil die Zutatenliste an der Ausgabe nicht ausgehängt worden war, oder irgendwelche Besserwisser hätten sich über die Hygiene oder die Organisation beschwert.

Wie war ich froh, dass ich das hier nicht erleben musste. Mir waren die Menschen hier einfach viel sympathischer, obwohl ich keinen von ihnen richtig kannte und ich eigentlich der Fremde war. Der Ausländer sozusagen.

Nachdem wir etwa zehn Minuten gewartet und uns umgesehen hatten, kamen zwei Freunde von Yuriy zu uns an den Tisch. Als wir schließlich alle vollzählig waren, stellten wir uns ebenfalls in die Schlange und ließen uns einen Teller Suppe mit Brot ausgeben.

Ich aß langsam und gründlich auf. Die Suppe bestand aus einer würzigen Fleischbrühe mit verschiedenen Gemüsesorten und war verdammt heiß. Das Brot war bereits etwas hart, aber wir aßen alle anstandslos und ohne Kommentar auf. Uns tat die heiße und fetthaltige Suppe gut. Auch wenn man dadurch mitten im August mächtig ins Schwitzen kommen konnte.

Nach dem Essen schaute ich mich weiter in der Halle um. Etwa zehn Meter, am anderen Ende der Tischreihen entfernt, waren zwei Fernseher aufgestellt worden, auf welchen Nachrichten übertragen wurden. Ein Fernseher war ein moderner Flachbildfernseher, der andere ein alter Röhrenfernseher mit Holzverkleidung. Ab und zu liefen horizontale Streifen über dessen Bild oder es kriselte leicht. Davor saßen etwa zwei Dutzend Menschen und schauten interessiert zu. Einige von ihnen rauchten oder aßen dazu.

Ich ging ebenfalls zu den Bildschirmen und schaute zu. Es wurden Berichte über die Frontgebiete und die aktuelle Lage in den Städten gesendet. Donezk, Mariupol, Luhansk.

Auch wenn ich kein Wort von dem verstehen konnte, was der Reporter da ins Mikrofon erklärte, hörte ich zu und verfolgte die Bilder mit. Dann wurde ich ganz aufmerksam. Es wurde ein kurzer Ausschnitt zum ehemaligen Sergej-Prokofiev-Flughafen in Donezk gezeigt. Ich konnte meinen Augen kaum trauen.

Die Fernsehbilder sollten den Flughafen darstellen, von welchem ich aus noch im Januar 2014 gestartet war. Heute erkannte ich die Gebäude fast nicht wieder. Die Aufnahmen mussten vom Januar 2015 stammen, wie es eine Jahreszahl am unteren Bildrand verriet.

Zu sehen waren mehrere Soldaten, darunter einer mit Kamera, der uns das Flughafengebäude aus seiner Sichtweise zeigte. Sie marschierten flink, fast rennend durch die zerstörten Terminals. Überall auf dem Boden lagen Ziegelsteine, Deckenelemente und Teile der weißen Wandverkleidung. Der Boden war mit Löchern übersät. In einigen besonders großen und tiefen Löchern hatten sich Soldaten mit Maschinenpistolen verschanzt. Bei jedem Schritt des filmenden Soldaten und seiner Kameraden staubte es am Boden.

Dann waren mehrere Salven zu vernehmen. Die Soldaten warfen sich zu Boden, drückten sich an die Wände oder hinter eingestürzte Betonpfeiler. Ein Soldat schlitterte den mit Schutt übersäten Boden entlang und wirbelte dabei eine weitere Staubwolke auf.

Dann wieder mehrere Salven. Das Bild war plötzlich stark verwackelt, bis es schließlich abbrach und der Monitor schwarz war. Zwei Sekunden später startete die nächste Sequenz. Die Soldaten mussten sich nun in einer anderen Halle befinden. Die Zerstörung der Umgebung war ebenso stark wie im Beitrag zuvor und es wirkte fast, als wäre es im Freien aufgenommen worden.

Tatsächlich schwenkte die Kamera dann gen Himmel. Zu erkennen war ein zerstörtes und weit geöffnetes Dach der Halle. Lediglich zwei verbogene Stützelemente des Daches waren noch in ihrer halbrunden Form in Position geblieben. Draußen war es neblig, sodass man keine fünfzig Meter weit sehen konnte. Auch hier waren die Wände der Halle durchlöchert und die einst weiße Wandverkleidung war zu Boden gefallen.

Der Soldat bewegte sich langsam voran. Man erkannte, dass neben dem kompletten Hallendach auch die gesamte Rückwand des Gebäudes fehlte, auf welche sich der Soldat langsam zubewegte. Die Videoaufnahme verwackelte kurz und wurde in Schwarzweiß wiedergegeben, ehe es nach dem nächsten horizontalen Streifen, der über das Fernsehbild lief, wieder farbig wurde.

Der Soldat ging langsam weiter. Dann schließlich wurde aus dem dichten Nebel, wo eigentlich die Gebäuderückwand und das Dach stehen sollten, ein unglaublicher Blick für uns Zuschauer freigegeben.

Wie ein Koloss tauchte in schwachen Umrissen der riesige Flugmeldetower des Donezker Flughafens vor uns auf. Wie ein Gigant stand er da und es wurden allmählich, als sich der Nebel weiter lichtete und der Soldat näher auf ihn zuging, seine Umrisse immer deutlicher sichtbar. Der Soldat stand keine einhundert Meter von dem Turm entfernt. Der Tower thronte direkt vor ihm. Man konnte ganz deutlich schwere Einschusslöcher der Artillerie an ihm erkennen. An vielen einzelnen Stellen konnte man sogar durch den Turm hindurchsehen. An einer Seite fehlten ganze tragende Teile, sodass es fast ein Wunder war, dass der Turm überhaupt noch dastand. Am Fuß des Gebäudes war das Gelände mit Schutt und Unrat übersät.

Dann brach das das Video schließlich wieder ab und der Moderator der Nachrichten rückte zurück in das Bild, um mit seiner Berichterstattung fortzufahren.

Ich hielt mir eine Hand vor den Mund und schluckte. Es war einfach unfassbar. Einfach unglaublich schrecklich.

Bei den Fernsehbildern, die ich eben gesehen hatte, konnte ich kaum noch meinen eigenen Erinnerungen glauben, dass ich vor etwas mehr als einem Jahr genau von diesem Flughafen aus nach Deutschland geflogen war und zuvor auch auf ihm gelandet war. Es war kaum vorstellbar, dass hier einmal Menschen gearbeitet hatten und in den Terminals Reisende und andere Mitarbeiter empfingen. Es war surreal, dass all das einmal ein lebendiger internationaler Flughafen gewesen sein sollte.

Heute wirkte er wie ein verlassener und verfluchter Ort. Ein Ort, in Nebel gehüllt und ohne jegliche Lebensfreude und Reisefreude.

Ich gab Ivan und Yuriy ein Zeichen, dass ich kurz vor die Tür nach draußen gehen wollte. Ich machte mich zugleich auf und eilte nach draußen an die frische Luft. Dort, neben dem Eingang zur Halle, lehnte ich mich mit Rücken und einem angewinkelten Fuß an die Hauswand und steckte mir eine Zigarette an. Ich versuchte mich etwas zu beruhigen und an etwas anderes zu denken.

Die Fernsehbilder von eben waren wie ein Schlag ins Gesicht für mich gewesen. Wie können innerhalb so kurzer Zeit eine so große Zerstörung und Hoffnungslosigkeit für die Menschen hier angerichtet werden? Ich versuchte, die Bilder zu verarbeiten.

Nach etwa zehn Minuten kam Ivan zu mir nach draußen. Er stellte sich neben mich und zündete sich ebenfalls eine Zigarette an.

»Der Krieg und die Zerstörung hier machen dich fertig, was, Paul?«

Ich schaute Ivan in die Augen.

»Ja, das kann man durchaus so sagen«, bestätigte ich in einem ernsteren Ton. »Eigentlich ist es aber mehr die Hilflosigkeit und Ohnmacht, die mir zu schaffen macht. An die Zerstörungen kann man sich ja mit der Zeit gewöhnen. Aber nicht daran, dass es jederzeit einen selbst treffen kann und dass man jedes Mal wieder von vorne mit allem anfangen kann.«

Ich spuckte auf den Boden. Ivan schaute mich verständnisvoll an und nickte.

»Es geht uns allen so. Glaub mir, Paul. Auch wenn man es uns nicht gleich ansehen mag. Aber so ist das Leben hier nun mal. Wir haben uns damit zu arrangieren. Yuriy leidet, Lev leidet, und sogar ich leide darunter.«

»Aber habt ihr keine Angst? Warum verlasst ihr die Stadt nicht einfach? Angesichts der Probleme. Am Ende geht ihr doch daran noch kaputt.«

Ivan nahm einen besonders tiefen Zug von seiner Zigarette.

»Natürlich haben wir Angst. Aber weglaufen ist doch auch keine Lösung. Du kannst doch nicht vor allem weglaufen. So schwer das Problem auch sein mag. Irgendjemand muss doch in Donezk bleiben. Es ist doch unsere Stadt.«

Ich schüttelte den Kopf.

»Du hast ja Recht, ich weiß. Weglaufen ist auch keine Lösung. Aber in dieser Situation eigentlich der natürlichste Instinkt.«

Ivan schnipste seine Zigarette davon und setzte sich auf eine Mülltonne, die neben mir an der Wand lehnte.

»Von Mitte 2014 bis Anfang 2015 waren die Auseinandersetzungen im Zentrum von Donezk ja am schlimmsten, wie du mittlerweile von Lev mehrmals gehört hast. Gebäude wurden beschädigt, Hochhäuser standen nach einer Nacht plötzlich mit leeren Fenstern da. Viele Einwohner haben die Stadt verlassen. Seit dieser Zeit haben sich die Kämpfe etwas in die Peripherie verlagert. In der Stadt selbst ist es ruhiger geworden. Ab und zu, klar, da knallt es noch. Oder so wie in jener Nacht, die auch du miterlebt hast. Aber es wird weniger. Zum Glück. Am schlimmsten getroffen hat es 2014 und 2015 den Flughafen und die Vororte, wie beispielsweise Spartak, wo Levs Familie gewohnt hat. Dort steht fast gar nichts mehr.«

Ivan hustete und rotzte unangenehm seinen Speichel auf den Boden.

»Mittlerweile verschieben sich die Auseinandersetzungen mehr und mehr in andere Gebiete in der Donbassregion. An die unmittelbare Kontaktlinie zwischen ukrainischen und russischen Regierungstruppen und den jeweiligen unterstützenden Separatisten. Was bleibt, sind die nächtlichen Schläge und Blitze am Horizont, die Sirenenwarnungen und die Einschränkungen, wie beispielsweise die Ausgangssperre und die Versorgungslage. Wie gesagt, man hat sich damit zu arrangieren.«

Ivan erzähle mir viel darüber, was sich seit Beginn des Konfliktes in Donezk verändert hatte und wie er es im Vergleich zu Lev erlebt hatte.

»Jeder hier kann seine eigene Geschichte vom Krieg erzählen.«

Um mich vom Konflikt weitgehend abzulenken, und auch um die Menschen hier besser kennenzulernen und verstehen zu können, nahm mich Ivan des Öfteren mit, und wir zogen gemeinsam durch die Straßen. Vor allem aber sollte ich lernen, wie die anderen mit der Situation umgingen und dass das Leben trotzdem weitergehen konnte. Wenn auch anders als bisher.

Donezk sollte auf mich keinen Eindruck der Hoffnungslosigkeit hinterlassen, sondern den Eindruck einer fröhlichen und modernen Stadt. Und das war sie ja immerhin auch.

Tagsüber arbeitete ich weiterhin mit in der Trainingshalle. Beim Sport und Boxen konnten sich die meisten abreagieren, bevor es für sie am nächsten Tag wieder von vorne losgehen würde.

Zudem halfen wir Lev, die Versorgung in der Stadt zu organisieren. Vor allem für die, die darauf angewiesen waren. Die Menschen, die sich nicht selbst versorgen konnten.

Hatte die Trainingshalle zu, so setzten wir uns in öffentliche Parks und Plätze oder an die Uferpromenade des Kalmius und spielten Karten, tranken Bier oder erzählten miteinander. Manchmal sahen wir auch einfach nur den Soldaten oder der Polizei zu, wie sie die Fahrzeugkontrollen an den Straßensperren durchführten.

Gegen Abend oder in der Nacht bestieg ich mit Ivan des Öfteren die riesige Abraumhalde nahe des Hüttenwerks DMZ. Von dort aus konnten wir wie immer mit dem Fernglas oder dem Nachtsichtgerät wunderbar die Stadt überblicken. Ab und zu erspähten wir tatsächlich neue Rauchsäulen oder andere Anzeichen des Konfliktes um die Stadt.

Ivan hatte mir auch das Stadion in Donezk gezeigt, in welchem 2012 noch die Fußball-Europameisterschaft ausgetragen worden war und zu deren Anlass tausende von Touristen und Fußballbegeisterte in die Stadt gekommen waren.

Ich erkannte sehr wohl, und das war sicher auch Ivans Absicht, dass trotz des Krieges die Stadt weiterlebte. Zwar mal in Schockstarre, oder nachts als Geisterstadt, aber tagsüber kam immer wieder das Leben zurück. Es zeigte uns allen, dass man die Hoffnung auf ein gutes Ende nie aufgeben sollte. Es war eine schöne Zeit, doch mitten im Konflikt.

»Warum bist du eigentlich hier, Paul?«, fragte mich Ivan schließlich eines Tages. »Was ist der Grund dafür, dass du dich freiwillig in eine solche Stadt begibst? Ich möchte es gerne verstehen können. Eigentlich kann dir das alles hier ja so ziemlich egal sein, drüben bei euch in Deutschland. Der Konflikt und die Zerstörung und das alles.«

»Worauf willst du hinaus, Ivan?«

Er runzelte die Stirn. Dann holte er sein Smartphone aus der Hosentasche. Nach wenigen Wischen hatte er ein Video auf dem Display gestartet.

»Da, schau dir das an.«

Die Tonspur des Videos war beinahe nicht zu verstehen. Man hörte nur ein lautes Kratzen, Knacken und Knallen. Zu sehen war die Ruine eines kleinen Einfamilienhauses. Vor der mit Einschusslöchern übersäten Hauswand stand ein Soldat, der einen Mörser vor sich in Position gebracht hatte. In aller Seelenruhe ließ er eine Mörsergranate nach der anderen in das Rohr rutschen, die dann mit einem Knall ins Weite gefeuert wurden. Die filmende Person schien diese Seelenruhe witzig zu finden und fing an zu lachen. Das Video ging noch etwa zwei Minuten so weiter, und eine nach der anderen Mörsergranate wurde abgefeuert. Dann schließlich gab es einen riesigen Knall. Das Bild verwackelte und Fetzen flogen durch die Luft. Der Soldat mit den Mörsergranaten verschwand augenblicklich in einem riesigen Feuerball und musste sofort tot gewesen sein. Alles, was blieb, war ein Krater, eine noch mehr zerschossene Hauswand und ein nicht mehr identifizierbarer Körper auf dem Boden. Die filmende Person war durch den Beschuss auf den Boden gefallen, schrie und brach die Aufnahme schließlich ab.

»Scheiße.«

»Ja, Paul. Das kommt davon, wenn man sich zu sehr in Sicherheit wägt in diesem Krieg. Von jetzt auf nachher stehst du auf einmal im Zielfeld. So schnell kannst du gar nicht schauen und reagieren.«

»Ganz toll«, sagte ich in einem ironischen Ton.

»Willst du noch eins sehen? Ich habe noch andere. Ein Video aus der Nachbarschaft, wo einer auf dem Balkon getroffen wird. Oder ein paar Typen, die in ihrem Auto zusammengeschossen werden.«

»Nein, verdammt, Ivan. Ich will diese Videos nicht ansehen. Wie kann man sich überhaupt nur so etwas ansehen.«

Ivan grinste mich an.

»Aha. Also nochmal meine Frage. Warum bist du dann eigentlich hier, Paul? Wenn du doch ganz genau weißt, was hier alles passieren kann.«

So sehr mich Ivan auch mit der Frage nervte, ich gab ihm keine konkrete Antwort darauf. Denn ich kannte den Grund selbst nicht.

Kapitel 13

Am folgenden Tag hatte ich wieder einmal verschlafen und wachte erst um zehn Uhr auf. Wenn man am Abend zuvor mit Ivan unterwegs gewesen war, musste man sich auch nicht sonderlich darüber wundern. Lev war bereits losgegangen und hatte mir auf dem Küchentisch eine halbe Kanne Kaffee stehengelassen. Ich trank hurtig, wusch mich und zog mich an. Dann machte ich mich wie gewohnt auf den Weg zur Trainingshalle.

Die Vormittagsstimmung in Donezk war wie immer träge und friedlich. Auf dem Puschkin Prospekt kamen mir einige Passanten entgegen. Das Wetter und die Stadt strahlten mir mit ihren kunstvollen Bauten und Prachtstraßen entgegen.

Ich dachte über das Gespräch mit Ivan nach. Tatsächlich. Beinahe nichts konnte einen hier ahnen lassen, dass man sich in einer Stadt aufhielt, die sich in einem Kriegsgebiet befand. Es war trügerisch. Erst wer zweimal hinsah oder wer hier lebte, wusste genau, wo er hinschauen musste, um die Spuren des Krieges erkennen zu können.

Ich erhob meinen Blick ab und an an den Gebäuden in die Höhe oder drehte mich kurz zu der Straßenzeile um, von der ich genau wusste, dass sie beschädigt oder geschlossen war. Ausgebrannte Autos oder Straßensperren waren weitere Indizien.

Auf dem Lenin Platz beobachtete ich schließlich eine kleine Militärkolonne der prorussischen Separatisten. Zwei Panzer und fünf ungepanzerte Fahrzeuge rollten an mir vorbei. Auf ihnen saßen Soldaten, die stolz auf uns herunterblickten. Jeder war mit einer Maschinenpistole bewaffnet. Einige hatten einen Gürtel mit Handgranaten umhängen. Von jeder Antenne wehte die Fahne der Volksrepublik Donezk im Fahrtwind. Passanten umsäumten die Kolonne und riefen ihnen zu. Die Soldaten winkten zurück.

Es war eine doch gewöhnungsbedürftige Szene für mich. Aber sie gehörte zum Alltag hier dazu. Es handelte sich weder um eine Übung noch um eine gespielte Parade. Es war bittere Realität und wahrscheinlich fuhren die Kameraden zu ihrem nächsten Einsatzort.

Alles, was von ihnen blieb, als die lauten Motoren schließlich an mir vorbeifuhren, waren die mächtigen Abdrücke der Panzerketten auf der Straße sowie der Gestank von Dieselabgas. Die Passanten klatschten weiter.

Auf Höhe des Nationaltheaters hupte mich ein dunkler Mercedes-Benz an. Es war Lev.

»Da bist du ja endlich, Paul. Los, steig ein. Ich fahr dich den restlichen Weg.«

Ich stieg zu Lev ins Auto. Es war mächtig warm im Fahrzeug und Lev hatte sämtliche Fenster sowie das Dachfenster geöffnet. Er trug seine Pilotensonnenbrille auf der Nase und zündete sich eine Zigarette an. Lässig ließ er seinen linken Arm während der Fahrt auf dem Seitenfenster heraushängen. Der Motor des Benz gab einen tiefen und rauen Ton von sich, wenn Lev auf dem Prospekt Gas gab.

»Hast du heute mal wieder ausgeschlafen, was?«

»Ja, ja. Die Anstrengungen und das alles waren in der letzten Zeit einfach etwas viel.«

»Die Anstrengungen? Es kommt wohl eher davon, dass du mit Ivan andauernd saufen gehst.« Lev lachte.

Im Wagen war es so heiß, dass ich mein Hemd auszog und es auf die Rückbank warf. Ich zündete mir ebenfalls eine Zigarette an. Im Unterhemd war es so durch den Fahrtwind wesentlich angenehmer.

»Du hast ja auch Recht, Paul. Genieße das Leben, so oft du kannst. Und vor allem, tu was du willst. Gerade und vor allem hier!«

Lev schob eine Kassette der Gruppe Kino in den Rekorder des Autoradios und schaltete dann ein. Dass es sich bei Kino und Viktor Tsoi um seine Lieblingsband handelte, hatte er mir mittlerweile bereits mehrmals mitgeteilt. Ich gestand ihm ein, dass es schon etwas an sich hatte, wenn man Viktor Tsoi mit seiner kratzigen Stimme »Gruppa Krovi« singen hörte und uns dabei weitere Militärfahrzeuge der prorussischen Separatisten im Straßenverkehr entgegenkamen. Ich bekam Gänsehaut.

Lev hielt mit seinem Wagen vor der Trainingshalle und ließ mich aussteigen.

»Wir sehen uns heute Abend wieder.«

»Alles klar.« Ich griff auf die Rückbank, um mein Hemd zu holen.

»Ich habe heute einiges mit Ivan zu tun. Sieh zu, dass du etwas an Lebensmitteln bekommst. Ich komme später nach Hause und es wird so langsam wieder eng.«

Lev winkte ab. Ich schlug die Tür zu und schüttelte grinsend den Kopf.

»Vergiss es nicht, Lev. Ich habe keine Lust, ohne Abendessen ins Bett zu gehen.«

»Heul nicht so herum, Paul«, rief Lev und drehte das Kassettenradio lauter. Dann fuhr er los.

Es war um die Mittagszeit geworden und bereits so warm, dass ich nun auch außerhalb des Autos nur im Unterhemd herumlaufen konnte. Die Tür zur Trainingshalle war nicht verschlossen. Ich trat ein. Drinnen roch es muffig. Das fahle Sonnenlicht fiel durch die vergilbten Fenster in den Raum. Ich schloss die Tür hinter mir.

Von der Bar drang mir Musik entgegen. Dort saß, ganz allein, Ivan mit verschränkten Armen und schaute auf eine Bierflasche, die vor ihm auf den Tresen stand. Ich ging vor zu ihm.

»Was hörst du denn da für Musik?«, fragte ich ihn belustigt. Aus dem Radio im Regal hinter der Theke erklang das Lied »Venus« der Gruppe Shocking Blue. Die rhythmische Melodie des Liedes passte so gar nicht zu Ivan.

»Trinkst du etwa schon wieder was? Hör doch mal auf, so viel zu saufen.«

Ivan erhob langsam seinen Kopf, griff nach einem Schnapsglas und warf es nach mir. Ich blieb auf meiner Position stehen, zog aber reflexartig meinen Kopf nach rechts weg, um dem Geschoss auszuweichen. Das Glas zerschellte an einer Holzsäule direkt hinter mir und prasselte auf die Holzdielen.

»Halt doch deinen Mund, Paul«, brummte Ivan mich an. Ich ging um die Theke herum an den Kühlschrank und holte mir ebenfalls eine Flasche Bier heraus. Dann nahm ich neben Ivan Platz. Ungläubig sah er mir zu, wie ich die Flasche öffnete und zum Trinken ansetzte.

»Willst du mich auf den Arm nehmen, Paul? Du erzählst mir, ich soll nicht so viel saufen und dann setzt du dich einfach zu mir und trinkst selbst was?«

Ich setzte die Flasche ab und drehte mich zu ihm. »Was soll ich schon dazu sagen? Alkohol ist nun einmal ein wahnsinnig beruhigendes Mittel. Man muss es eben nur in Maßen trinken und nicht saufen wie ein Loch; oder so wie du.«

Ivan wurde zornig und wollte mit der Faust ausholen. Ich packte ihn mit meiner Hand am Handgelenk und fing so seinen Schlag ab.

»Pass auf, was du sagst, Paul!«, fauchte er mich an. »Pass ja auf.«

»Komm mal bisschen runter. Das ist ja nicht mehr normal, wie leicht man dich reizen kann.«

Ich ließ sein Handgelenk wieder los und holte eine Packung Zigaretten aus der Hosentasche. Ivan bot ich eine an.

»Danke.«

Der Song von Shocking Blue war zu Ende und Ivan schaltete das Radio aus. Wir saßen beide da. Schweigend hinter der Bar und ließen die Zeit verstreichen. Das gelbliche Sonnenlicht strahlte uns ins Gesicht und wir tranken unser Bier, während wir in aller Ruhe dazu rauchten.

»Du kannst einem manchmal ganz schon auf die Nerven gehen«, brach Ivan dann die Stille. Er stellte seine leere Bierflasche unter die Theke in den Kasten. »Aber in Ordnung bist du trotzdem. Los, lass uns anfangen.«

Ich trank mein Bier ebenfalls zu Ende und folgte Ivan.

Wir begannen erneut damit, die leichten Schäden an der Halle zu beseitigen. Wir kehrten Glassplitter zusammen und entsorgten herabgefallene Ziegel und Teile des Verputzes. Alles in allem hielt sich der Schaden aber in Grenzen. Vermutlich konnten die Trainingshalle und die Bar schon morgen wieder geöffnet werden.

Wir checkten zudem die Lagerbestände und überlegten, ob alles für die kommende Woche bis hin zum Wochenende ausreichen würde. In der Boxhalle selbst schauten wir nach den Geräten und richteten die Räumlichkeiten her. An der einen oder anderen Wasserleitung für die Duschräume musste noch einmal Hand angelegt werden, bevor dann schließlich wieder alles einsatzbereit war.

Ivan setzte seine Fragerei fort. »Jetzt sag doch mal. Warum bist du eigentlich hier, Paul?«

»Wie meinst du das schon wieder?«

Er stützte sich auf seinem Besenstiel ab und beäugte mich kritisch. »Warum bist du hier in Donezk? Ich habe es dich schon öfters gefragt, aber du gibst mir nie eine Antwort darauf. Warum bist du hier, mitten im Krieg? Du könntest genauso gut in Deutschland sein. Daheim auf euren breiten Autobahnen eure Mercedes oder BMW ausfahren oder im Garten eure gegrillten Steaks fressen. Du würdest von all dem hier nichts mitbekommen.«

Ich schaute Ivan grinsend an. Den deutschen Stereotyp hatte er beinahe perfekt beschrieben. Nur, dass es auch bei uns bei Weitem nicht jedem so gut ging.

»Ich weiß. In der Tat könnte ich das. Nur, was habe ich denn davon? Hier bei euch habe ich das Gefühl, wenigstens etwas Kleines bewirken zu können und etwas Sinnvolles auszurichten. Hier habe ich die Möglichkeit, Freunden zu helfen. Und zwar denen, die wirkliche Hilfe benötigen. Glaube mir, Ivan, andauernd Benz zu fahren und Gegrilltes zu fressen, obwohl wir es doch eigentlich schon gar nicht mehr sehen können, ist auf Dauer gar nicht so toll, wie es sich anhört. Irgendwann wirst du verrückt. Und wenn nicht, bist du einfach nur ein ignoranter Idiot.«

Ivan begann zu lachen. »Ich glaube dir kein Wort, Paul. Wer will denn nicht gerne einen Benz fahren.«

»Ja, ja. Komm, Ivan, hör auf damit, so blöde zu fragen und mach weiter. Du weißt, worauf ich hinaus will. Auch der Wohlstand wirft seine Schattenseiten auf die Menschen. Aber Recht hast du allerdings schon. Wenn ich Lev niemals kennen gelernt hätte, und ich dadurch auch keine Freunde und Bekannte hier in Donezk gewonnen hätte, dann wäre ich vermutlich niemals hierhergekommen und hätte mich mit der Sache beschäftigt. Am Ende sind es dann doch meistens die Emotionen, die einen handeln lassen. Und die kamen eben nur über die Freunde und deren Schicksale hier zu Stande.«

Der Mittag war so gut wie vorüber und wir hatten ganze Arbeit geleistet. Draußen war das sommerliche Wetter von heute Vormittag verschwunden. Es hatte sich bewölkt und drohte zu regnen. Ich zog mir mein Hemd wieder an und einen Pullover über.

Ivan verschloss die Eingangstüre zur Trainingshalle und wir machten uns auf. Unser Ziel war eine Markthalle. Dort wollten wir einige Einkäufe erledigen. Mir gefiel die Atmosphäre in der Markthalle. Es war ein altes, langgezogenes, aber großes Gebäude, in welchem sich unzählige Stände und Händler befanden, die ihre Waren zum Verkauf anboten. Es wimmelte hier von Menschen und von allen Seiten vernahm man interessante Gerüche von Lebensmitteln und Getränken, die ich so noch nicht gekannt hatte.

»Die Halle hat noch gar nicht so lange wieder geöffnet«, erklärte mir Ivan, als wir uns zwischen den Ständen hindurchdrängten. »Erst seit ein paar Monaten wieder. Zuvor hatte man auch hier alles schließen müssen, als der Konflikt immer mehr zu eskalieren drohte. Es war dann unter vielen anderen Gründen auch ein Grund, warum die Versorgungslage in der Stadt immer schlechter geworden ist. Viele Anwohner nutzen das Angebot hier.«

Ich war zuvor noch nicht oft in Markthallen gewesen.

Einmal in Mannheim und Frankfurt. Normalerweise erledigte ich die Einkäufe im Supermarkt.

Ivan schien hier viele der Händler zu kennen. Auch wenn ich kein Wort verstehen konnte, schaute ich interessiert zu, wie Ivan um die Waren verhandelte und dann den vereinbarten Preis in Rubel oder Hrywnja bezahlte. Hier und dort bekamen wir einige Kostproben an getrocknetem Fisch, Dosenfleisch oder Käse zu probieren. Es gab zudem viel Eingelegtes zu kaufen, da man dieses längere Zeit problemlos lagern konnte. Es machte mir Spaß zwischen den Menschen umherzulaufen und zu erzählen und zu handeln. Auch wenn ich hier ein Fremder war.

Nach den Erledigungen brachten wir die Einkäufe nach Hause. Wir hatten sieben Uhr abends und Ivan lud mich nochmals auf zwei oder drei Bier in einer nahegelegenen Bar ein. Wir erzählten und er fragte mich dann vor allem interessiert über die Unterschiede von hier zu Deutschland aus.

»Lev hat es sehr gut in Heidelberg gefallen, wie er mir erzählt hat. Es sei einfach anders gewesen und man müsse sich um nichts zu sehr Sorgen machen. Nur die Menschen seien anscheinend etwas gewöhnungsbedürftig. Mehr auf Distanz zu Fremden und mehr auf sich selbst bedacht. Egoistisch.«

Ich lachte und stimme Ivan zu. »Ja, das, was dir Lev erzählt hat, ist so ziemlich zutreffend. Man kann froh sein, in Deutschland leben zu können. Und ich bin es auch. Man hat viele Möglichkeiten und Freiheiten. Vor allem aber kann man im weitesten Sinne sicher und unbeschwert leben. Zumindest was den Vergleich zum Alltag im Ukrainekrieg angeht. Wir in Deutschland können uns eigentlich über nichts beschweren. Und wenn die Deutschen es doch tun, dann jammern sie eigentlich auf sehr hohem Niveau. Sorgen haben wir in Deutschland zwar auch. Nur sind es dort eben andere Themen als hier. Was in der Tat leider zutreffend ist, ist die zunehmende Verrohung unserer Gesellschaft und die wachsende Kluft zwischen Arm und Reich. Wenn die Entwicklung so weitergeht, werden wir in einigen Jahren noch ernsthafte Probleme bekommen. Und dann, die typisch deutsche Mentalität. Übergenau, arbeitstüchtig und voreingenommen. Oder egoistisch, wie du es eben schon gesagt hast.«

Ivan grinste freudig.

»Bei uns in Deutschland möchte man am liebsten schon am ersten Januar wissen, wie hoch die Rückerstattung aus der Steuererklärung ist oder wieviel man mehr verdient hat als sein Nachbar. Und zwar auf den Cent genau.« Ich lachte ebenfalls.

Ich trank mein letztes Bier zu Ende und war so ziemlich bedient für heute, was den Alkohol anging.

»Ich finde es einfach nur immer wieder schade, dass die westliche Gesellschaft generell blind auf die restlichen Probleme der Welt schaut. Wahrscheinlich durch Überdruss und Überfluss an Wohlstand. Ich kann es mir auch nicht erklären.«

Ivan orderte derweil sein letztes Bier für heute. Ich rauchte noch eine Zigarette und hatte Mühe, nicht vom Barhocker zu fallen.

»Wo trinkst du das alles nur hin?«

Der Barmann stellte Ivan ein weiteres Bier vor die Nase. Er nahm das Glas und setzte es angestrengt zum Trinken an. Auch er hatte nun ordentlich Schlagseite.

Dann zahlten wir endlich und gingen hinaus ins Freie. Wir machten uns auf und peilten den Weg nach Hause an. Es war noch nicht sehr spät, dafür aber bereits sehr dunkel.

Vielleicht zehn oder elf Uhr abends. Der Himmel war stark bewölkt und es nieselte leicht.

Ich war froh, um diese Uhrzeit nicht mehr alleine durch die Straßen gehen zu müssen, sondern Ivan an meiner Seite zu haben. Auf der Straße kamen uns jede Menge zweifelhafte Gestalten entgegen, die uns flüchtig einen stechenden Blick zuwarfen. Ich wusste Levs Rat nun gut zu schätzen, den er mir zu Beginn meiner Ankunft in Donezk gegeben hatte. Sich mit niemandem hier auf ein Gespräch oder eine Diskussion einzulassen. Geschweige denn Menschen, die man nicht kannte, einen Blick zuzuwerfen.

Wir gingen zügig und möglichst unauffällig weiter. Ivan war mit seinem Trainingsanzug und seinen Sportschuhen passend wie jeder Vierte andere hier. Ich fiel mit meinen Geländeschuhen, Jeans und einem Pullover aber ebenso wenig auf.

An den Hauswänden zur Straße drückten sich dunkel gekleidete Gestalten entlang und musterten uns im Vorbeigehen. Keiner sprach ein Wort. Hier und da unterhielten sich zwei Gestalten flüsternd miteinander. Andere verkauften in einer noch dunkleren Ecke Drogen oder boten ihre Dienste an. Es war keine schöne Atmosphäre. Wir sahen zu, dass wir weiter vorankamen.

Ivan schien das alles, im Gegensatz zu mir, relativ gelassen zu sehen. Er schien kein Unbehagen zu spüren und schritt voran, als würde er diesen Personen jeden Tag über den Weg laufen. Plötzlich aber hielt er mich dann doch zurück und wir blieben langsam stehen.

»Warte mal kurz.«

»Was ist denn, was hast du denn?«

Ivan fokussierte eine uns entgegenkommende Person mit im Kragen eingezogenem Genick.

»Bleib mal kurz hier stehen, Paul. Ich habe etwas zu erledigen.«

Ich schaute Ivan erwartungsvoll an. Als die Person an uns vorbeiging, sprach Ivan sie an. Ich konnte nur das Wort »Sigareta« verstehen. Ivan steckte sich eine Zigarette in den Mund und fragte die Person nach Feuer. Sie blieb stehen, holte aus der Manteltasche ein kleines silbernes Feuerzeug und knipste es an, um ihm Feuer zu geben. Ivan trat an die Person heran.

Dann ging alles so schnell, dass ich es fast nicht sehen konnte. Mit der linken Hand griff Ivan um die Hand der Person und drückte sie zusammen, sodass das Feuerzeug nicht ausging. Mit der Rechten boxte er ihr zweimal heftig in die Magengrube und trat mit dem Knie in die Leistengegend nach. Die Person röchelte augenblicklich nach Luft und fiel auf die Knie.

Ivans linke Hand hatte derweil die Hand mit dem Feuerzeug noch immer fest umklammert und die Flamme flackerte unbeeindruckt weiter. Als wäre nichts gewesen, neigte sich Ivan vor zur Flamme und zündete sich lässig seine Zigarette an, die er noch immer im Mundwinkel hängen hatte. Als die Zigarette dann brannte, ließ er die Hand endlich los und die Person zog sie zu sich herunter, wo sie sich die schmerzende Magengegend hielt. Das Feuerzeug fiel auf den nassen Boden neben die zusammengekauerte Person. Ich war perplex.

»Los, Paul. Mach, dass du weiterkommst. Wir gehen.«

Wir gingen beide zügig weiter, rannten sogar fast schon. Ich drehte mich beim Laufen um. Hinter uns lag noch immer die Person zusammengekrümmt mitten auf der Straße. Die anderen Passanten gingen einfach um sie herum, als wäre sie gar nicht da.

»Was war denn das, Ivan? Warum hast du das getan?«

Wir liefen weiter. Hinter der nächsten Kurve hielten wir in einem etwas nach innen versetzen Türportal an. Ivan nahm die Zigarette aus dem Mund und blies den Rauch aus.

»Wer war das?«, fragte ich erneut.

»Niemand besonderes. Es war einer der Typen, die meinen, dass man Häuser und Läden, die aufgrund des Krieges unbewohnt sind, einfach plündern kann. Ich habe ihn schon öfters gesehen und dabei beobachtet. Er geht mit einer kleinen Gruppe von etwa fünf Personen los und steigt in die Geschäfte und Wohnungen ein. Er hat es nicht anders verdient.«

Ich hustete.

»Da hast du allerdings Recht.«

Ich kramte ebenfalls eine Zigarette hervor und zündete sie an Ivans noch glimmender an.

»Wenn mir noch ein weiterer dieser Idioten über den Weg läuft, dann wird es ihm genauso ergehen. Ich fasse es nicht. Das Leid anderer Leute auszunutzen und anzufangen zu plündern. Die Typen sind vielleicht gerade einmal achtzehn Jahre alt, wenn es reicht. Eher sechzehn.« Ivan spuckte auf den Boden.

»Das kann ich gut verstehen. Wie man sieht, gibt es aber eben auch diese Seite der Zivilgesellschaft im Krieg. Nicht nur die, die helfen wollen.«

Wir blieben noch etwas stehen und rauchten in Ruhe zu Ende. Mir fiel auf, dass ich inzwischen, genauso wie Ivan, Lev und Yuriy, meine Zigarette beim Rauchen so hielt, dass meine Handfläche deren glimmendes Ende verdeckte. Auf diese Weise konnte mich im Dunkeln kein anderer ausmachen. Ich grinste. Ich hatte es mir wohl unbewusst von den anderen angeeignet. Ich schüttelte ungläubig den Kopf und schnipste den Zigarettenstummel auf die Straße.

Es nieselte. In der Ferne ertönte plötzlich eine Sirene. Ein paar Sekunden später zeitversetzt eine zweite aus einer etwas anderen Richtung.

»Komm, Paul, lass uns weitergehen, damit wir heimkommen. Es liegt wieder irgendetwas in der Luft.«

Ich folgte Ivan und wir stapften weiter durch den Regen. Ich musterte ihn unauffällig beim Gehen. Die Schultern seines Trainingsanzuges waren durch den Regen inzwischen völlig durchnässt. Er zog ein angewidertes Gesicht. Er war doch ziemlich reizbarer und durchaus gewalttätiger Mensch. Vor allem, wenn er getrunken hatte, ließ er sich sehr leicht provozieren. Ich konnte mir immer besser vorstellen, dass Ivan jedem Menschen, den er nicht kannte oder der ihn auch nur irgendwie schief ansah, sehr ablehnend gegenüberstand. Ein Glück, dass ich Ivan kannte und Lev mich mit ihm bekannt gemacht hatte. Andernfalls hätte ich ihm nicht unbedingt über den Weg laufen wollen, geschweige denn nachts auf einer dunklen Straße wie jetzt. Konnte man sich hingegen als guter Freund Ivans bezeichnen, so hatte man nichts zu befürchten und wurde zu jedem Spaß mit eingeladen.

Daheim in Ivans Wohnung saßen wir wieder, wie fast jede Nacht, egal, ob es bei Lev oder hier war, mit dem Nachtsichtgerät vor halb zugezogenen Fenstern und tasteten den Horizont und die Umgebung damit ab. Alles war ruhig. Die Sirenen waren inzwischen wieder erloschen und es war nichts passiert. Gott sei Dank.

Ich rief bei Lev an und teilte ihm mit, dass ich noch bei Ivan war. Aufgrund des Alarmes und der Ausgangssperre war es besser, wenn ich heute bei ihm bleiben würde, anstatt mitten in der Nacht zu Levs Wohnung zu laufen. Ivan legte das Nachtsichtgerät beiseite und zog die Vorhänge zu. Danach konnten wir endlich wieder das Licht anschalten.

Ich fand es schrecklich, dass die Wohnungen hier andauernd Fenster und Türen verrammelt oder die Vorhänge bis oben hin zugezogen hatten. Licht zu machen, ohne dass die Jalousien geschlossen waren, war ein Tabu.

Klar, Ivan und alle anderen hier wollten damit verhindern, dass man von außen sehen konnte, wer sich in der Wohnung aufhielt oder dass man nachts an den Fenstern überhaupt erkennen konnte, dass sich jemand in der Wohnung befand. Ich fühlte mich in diesen Wohnungen eingesperrt und unfrei.

»Warum tut niemand etwas gegen diesen Krieg?«, murmelte Ivan abwesend und starrte auf ein Familienfoto an der Wand.

Ich hatte mir eben das Gesicht und die Haare in der Küche gewaschen und kam mit einem Handtuch zurück. »Das möchte ich auch gerne wissen. Anfangs hat man bei uns in Deutschland ja so gut wie jeden Tag in den Nachrichten über den Krieg berichtet. Das war 2014. Mittlerweile scheint es niemanden mehr zu interessieren.«

Ivan stieß ein ironisches Lachen aus. »Ha! Ja, es interessiert niemanden mehr, weil es weit weg von euch ist. Alle sehen weg, weil es niemanden mehr interessieren möchte! Bestimmt geht es wieder nur ums Geld. Wie in jedem Konflikt. Einige wenige verdienen an diesem Krieg ordentlich mit. So wie es immer und überall auf dieser Welt ist. Es muss doch irgendeinen Weg geben, die Menschen wachzurütteln. Aber es wiederholt sich immer wieder.«

»Allerdings. Das ist ja gerade das Thema, das mich an unserer Gesellschaft und der Politik so ärgert.« Ich rubbelte mir die Haare trocken. »Ich habe mir schon oft überlegt, ob sich die Gesellschaft ändern und mehr über ihr Handeln nachdenken würde, wenn man sie einmal selbst vor Einschränkungen und Probleme stellen würde.«

»Wie meinst du denn das?« Ivan schaute mich fragend an.

»Na ja, überlege dir doch mal, was bei uns in Deutschland los wäre, wenn es einmal für eine Woche keinen Strom gäbe. Für drei Tage kein Wasser oder Lebensmittel, oder für einen Monat kein Internet? Das meine ich mit Einschränkungen. Die Menschen sollten begreifen, dass längst nicht alles selbstverständlich ist und welches Glück sie doch haben, dass ihnen nahezu alles zur Verfügung steht.«

Ivan schaute mich strahlend und zustimmend an. »Genau das meine ich, Paul! Genau das wollte ich die ganze Zeit über sagen. Es geht nicht darum, dass es der Gesellschaft schlecht gehen soll oder dass sie in einen neuen Konflikt gedrängt wird. Es geht rein darum, die Menschen wachzurütteln, um Konflikte wie diesen zu verhindern. Es würde beispielsweise auch schon ausreichen, wenn die Benzinversorgung eingestellt würde und die Menschen ihre Autos mal für eine Woche stehen lassen müssten. Das würde viele zum Umdenken bewegen. Vor allem auch die Politiker.«

»Genau. So ähnlich, wie wir es an einigen autofreien Sonntagen in den Siebzigern einmal in der BRD hatten. Aber ich denke, das bleibt eine Wunschvorstellung.«

»Wahrscheinlich, Paul. Aber ich denke, genau diese Themen werden in diesem Jahrhundert für mehr und mehr Probleme sorgen und vielleicht sogar neue Kriege auslösen. Auch in Europa. Zumindest dann, wenn die Demokratie leichtgläubig aus den Händen gegeben wird. Trinkwasserknappheit, Blackouts, kein Internet, keine Benzinversorgung, und, und, und. All das, was den Wohlstand bisher garantiert hat.«

Ich schaute Ivan nachdenklich an und faltete das Handtuch vorsichtig zusammen. »Wahrscheinlich. Wahrscheinlich erleben wir das Ganze aber auch überhaupt nicht mehr mit. Zumindest haben wir aktuell unsere ganz eigenen Probleme. Jede Generation hat ihre eigenen Probleme, für die es sich zu kämpfen lohnt, und das ist auch gut so.«

Wir erzählten noch ein wenig über die Stressszenarien und Ängste, die vermutlich früher oder später auf uns zukommen würden und warfen uns neue Ideen an den Kopf. Danach legten wir uns schlafen.

Vielleicht sollte man diese Themen doch gar nicht so ernst nehmen, um nicht daran zu verzweifeln. Am Ende würde doch alles anders kommen, als gedacht. Wie immer. Wichtig war, im Hier und Jetzt zu leben. Wie gesagt, eine jede Generation hat ihre eigenen Probleme zu lösen. Und das ist in der Tat auch gut so.

Draußen grollte es in der Ferne an der Kampflinie. Vom Alkohol berauscht schlief ich schließlich ein.

Kapitel 14

Während Lev sich um die Trainingshalle kümmerte oder Ivan und Yuriy ab und an wieder ihrem Eishockeytraining nachgehen konnten, versuchte auch ich, soweit es ging, zur Unterstützung beizutragen und meine eigenen Ideen einzubringen.

Mit Lev saß ich ganze Abende lang am Planen der Versorgungslage für die Menschen, die darauf angewiesen waren. Lev beschaffte für sie Lebensmittel, Medikamente und sonstige Bedarfsmittel, an denen es hier fehlte. Danach teilten wir die organisierten Waren sorgfältig auf und verpackten sie in Pakete, die anschließend an die Menschen verteilt wurden, die die Trainingshalle besuchten. Viele kamen genau deshalb zu uns und sie wussten auch, dass sie sich auf uns verlassen konnten. Zum größten Teil waren es Jugendliche mit ihren Müttern, Alte, Kranke oder Beeinträchtigte, die in Donezk ansonsten keine Angehörigen mehr hatten, die sich um sie kümmerten.

Nur selten kam Unterstützung von außerhalb der Stadt. Und da die Versorgungslage innerhalb nicht garantiert war, waren es eben Lev als Organisator der Trainingshalle oder die speziell dafür aufgebauten Suppenküchen, worauf die Menschen hier zählen konnten.

Seit dem Frühjahr war die Zahl der Hilfsbedürftigen allerdings vermehrt rückläufig. Es kehrte nach und nach wieder Ruhe ein. Die Menschen kehrten in die Stadt zurück und auch die Versorgungslage wurde wieder besser. Wenn auch schleppend. So richtig hatte ich deshalb die Notwendigkeit von Levs Organisation für die Besucher der Trainingshalle nie erlebt. Ganz im Gegenteil zu dem Angebot, dass man boxen konnte und sich in der Bar zum Erzählen treffen konnte.

Lev erzählte oft von letztem Jahr, als der Konflikt gerade ein paar Monate alt gewesen war. »Zur schlimmsten Zeit, da war unsere Bude voll und wir haben die Pakete aus den Händen gerissen bekommen. Von Zeit zu Zeit sind wir sogar mit dem Organisieren kaum noch nachgekommen. Mittlerweile ist das wieder anders. Zum Glück eigentlich.«

Lev hörte trotzdem nicht damit auf, die Versorgung zu planen und vorzubereiten. Wer wusste schon, ob es nicht doch wieder schlimmer werden würde und der Konflikt mit all seiner Intensität wieder zurück in die Stadt kommen würde. Zum Glück jedenfalls blieb es weiterhin ruhig in der Stadt. Bis auf ein oder zwei Vorfälle in der Woche war es in der Regel friedlich.

An jenem Tag fuhr ich mit Lev fast an das südliche Ende des Leninsky Distrikts. In den Stadtteil Bosse, um genau zu sein. Lev parkte seinen Mercedes auf einem größeren Gemeinschaftsparkplatz, der wahrscheinlich für die Anwohner in den Wohnblocks rundum angelegt worden war. Wir holten zwei kleine Kartons mit Lebensmitteln aus dem Kofferraum und gingen damit in einen der Wohnblocks.

Von außen machte der Plattenbau einen sehr traurigen und heruntergekommenen Eindruck. Die Außenwand war verschmutzt und Teile der Fassade blätterten ab. Die unzähligen Balkone, deren Wellblechverkleidungen sich in rostigen Farben zeigten, wirkten auf dem Gebäude eher uneinheitlich. Jeder Anwohner hatte den Balkon zu seinem eigenen Nutzen provisorisch umgebaut. An vielen waren

Satellitenschüsseln montiert oder gewaschene Wäsche war zum Trocknen aufgehängt. Manche Balkone hatte man sogar komplett als Erker ausgebaut. Aus vielen dieser Erker lugten die Anwohner aus einem geöffneten Fenster zu uns herab, beäugten uns misstrauisch und rauchten eine Zigarette dabei.

Der mit Betonplatten ausgelegte Platz, der uns zum Eingang des Wohnblocks führen sollte, war an vielen Stellen aufgeplatzt und aus den offenen Zwischenräumen wucherte Gras hervor. Lev schaute kurz am Gebäude nach oben und ging dann mit einem Karton unter dem Arm auf die Haustür zu.

»Los, komm mit, Paul.«

Ich ging Lev hinterher und hatte den zweiten Karton unter dem Arm. Lev klingelte wortlos an einem der vielen Klingelschilder. Nach einem etwas längeren Moment meldete sich an der Sprechanlage eine unsichere Stimme. Lev gab ihr freundlich Antwort und mit einem unangenehmen elektrischen Surren öffnete sich die Haustür.

Wir betraten den Hausgang. Die Luft hier war sehr stickig und ich hatte Mühe, nicht husten zu müssen. An der linken Flurseite führte eine Treppe in die oberen Stockwerke. Lev entschied sich, den Fahrstuhl zu nehmen, dessen Eingang wir auf der rechten Seite finden konnten. Ich folgte ihm.

»Kein schöner Ort zum Wohnen, finde ich.« Lev schaute mich wortlos mit halb geöffneten Augen an. Er würdigte meine Bemerkung keiner Antwort.

Im dritten Stock stiegen wir aus dem Fahrstuhl aus und marschierten zügig zu einer unscheinbaren Wohnungstüre aus Holz. Sie war stark zerkratzt und in orangener Farbe angestrichen. Am Boden hatte man eine etwa zwanzig Zentimeter hohe Fußleiste aus Metall an ihr befestigt. Damit hatte man vermutlich verhindern wollen, dass die Türe zu viele Schäden abbekommt, sollte man sie nach dem Öffnen mit dem Fuß auftreten, anstatt mit der Hand offen zu halten.

Lev klopfte. Die Tür war bereits einen Spalt geöffnet geworden, sodass wir nun einfach eintreten konnten. Wir gingen in die Wohnung hinein ins Wohnzimmer.

Drinnen roch es ebenfalls stickig und es war warm. Allerdings nicht ganz so extrem wie auf dem Flur. Auf einem flaschengrünen Sessel saß eine ältere Frau, deren Gesicht sofort freudige Züge bekam, als sie Lev erblickte. Er ging zu ihr und umarmte sie. Danach übergab er ihr seinen Karton mit den Lebensmitteln und begann sich mit ihr zu unterhalten.

Ich stellte meinen Karton ebenfalls auf dem Wohnzimmertisch ab. Die alte Frau schaute nun auch mich freudig an. Ich gab ihr die Hand und Lev stellte mich kurz vor. Dann erzählte er mir ihr weiter. Ich schaute mich derweil unauffällig um.

Die Wohnung war sehr klein und ziemlich bieder eingerichtet. Neben den flaschengrünen Polstermöbeln zierte eine braungeblümte Tapete den Raum. Hinter dem Sofa war ein übergroßer Wandteppich, ebenfalls in ausgeblichenen Farben, angebracht. Sein staubiger Geruch wehte mir förmlich entgegen.

Lev erzählte noch immer mit der Frau. Ich ging ein wenig nach vorne zur Balkontüre und zog den staubigen Vorhang beiseite. Unten konnte ich den Parkplatz und Levs 1994er E-Klasse-Mercedes erkennen. Ansonsten war niemand unterwegs. Ich ließ den Vorhang wieder los und schlenderte lautlos zurück. Beim Gehen schlug ich mir beinahe den Kopf an einer Deckenleuchte aus buntem Glas an, die an einer langen Schnur von der Decke hing. Ich wich gerade rechtzeitig noch aus.

Zu meiner rechten Seite stand ein niedriger Wohnzimmerschrank, lackiert und aus dunklem Holz. Darauf standen ein älterer Röhrenfernseher, der liebevoll mit einem Deckchen und Porzellanfiguren dekoriert war, und mehrere Schälchen aus buntem Glase und Familienfotos.

Auf einem Foto war ein Trauerflor an der Rahmenecke angebracht. Wie es schien, musste es sich um den Ehemann der Frau gehandelt haben. Auf einem weiteren Foto waren sie zusammen als junges Brautpaar zu sehen. Dann gab es noch weitere Fotos mit zwei jungen Männern in meinem Alter. Sie trugen beide eine Uniform und blickten dem Betrachter stolz entgegen. Dann ein weiteres als eine Art Familienfoto.

»Paul, kommst du dann? Wir sind fertig.«

Lev rief mich in einem freundlichen und ruhigen Ton zu sich. Die alte Frau schaute mich neugierig und zufrieden an. Ich verabschiedete mich von ihr und wir verließen wieder die Wohnung.

Als wir wieder den Fahrstuhl betreten hatten, konnte ich schließlich meine Neugierde nicht länger unterdrücken.

»Wer war denn das? Kennst du sie schon länger?«

Lev zündete sich eine Zigarette an und schaute auf die Anzeige im Fahrstuhl, bis diese wieder das Erdgeschoss anzeigte.

»Ja, ich kenne sie sehr gut. Sie ist einer von den Menschen, die ich schon mein ganzes Leben lang hier kenne. Früher, in den 90er Jahren, war sie unsere Vertretungslehrerin in der Grundschule. Jeder aus meinem Jahrgang kennt sie. Sie hat auf uns aufgepasst, uns Benehmen beigebracht und uns aufwachsen sehen. Wir schätzen sie alle sehr. Vor fünf Jahren hat Olga schließlich einen Schlaganfall bekommen und ist seither auf Hilfe angewiesen. Seitdem hat sie sich aber wieder sehr gut erholt. Ihr Mann hat sich ebenfalls stets um sie gekümmert. Bis zu seinem Tod letzten Sommer. Vielleicht hast du sein Bild im Wohnzimmer auf der Kommode stehen sehen.« Lev zog an seiner Zigarette.

»Ja, ich habe das Bild gesehen. Das ist ja schrecklich. Was hat ihr Mann denn gehabt?«

Wir gingen aus dem Treppenhaus nach draußen ins Freie. Die frische Luft war deutlich angenehmer und man konnte wieder in normaler Lautstärke miteinander reden. Ich atmete kräftig ein und aus.

Lev erklärte mir den Sachverhalt weiter. »Olga war mit ihrem Mann 2014 in der Stadt unterwegs, als die Truppen der Volksrepublik Donezk die öffentlichen Gebäude besetzt hatten. Aus irgendeinem Grund waren sie zwischen pro-ukrainische Demonstranten geraten. Dann fielen Schüsse. Olgas Mann wurde, wie Dutzend weitere unschuldige Zivilisten, von Scharfschützen ins Kreuzfeuer genommen. Wahrscheinlich hat man sie tatsächlich für pro-ukrainische Anhänger gehalten, was weiß denn ich. Auf jeden Fall kam an diesem Tag für ihn jede Hilfe zu spät.«

Ich schaute betroffen auf die aufgeplatzten Betonplatten und das wild wuchernde Gras dazwischen. »Oh mein Gott, das ist ja schrecklich. Wie konnte denn das nur passieren?«

Lev blieb stehen und kramte nach seinen Wagenschlüsseln. »Wir haben Krieg, Paul. Es passiert hier vieles, was eigentlich nicht passieren sollte. Es ist schlimm. Aber ändern können wir es nun auch nicht mehr.«

»Ist denn auf dem Majdan in Kiew bei den Protesten damals nicht etwas Ähnliches passiert? Damals hat man doch auch einfach auf die Demonstranten geschossen?«

Lev ging nicht weiter auf meine Frage ein. »Auf jeden Fall haben wir uns seit Ausbruch des Konfliktes um Olga gekümmert. Vor allem, seitdem es mit der Lebensmittelversorgung und der Versorgung mit Medikamenten immer schwieriger geworden ist. Olga war der Grund, genau wie viele andere Menschen hier der Grund sind, dass wir die Stadt nicht einfach wie alle anderen verlassen haben. Weil sie auf fremde Hilfe von außerhalb angewiesen sind, haben mein Bruder, ich, und alle anderen überhaupt erst die Trainingshalle ins Leben gerufen. Kannst du es nun verstehen, Paul? Das ist der Grund, warum ich hier nie wegwollte. Trotz des Krieges.«

Ich schaute noch einmal zurück auf den Wohnblock und auf den Balkon von Olga. Vermutlich stand sie gerade dort oben hinter dem staubigen Vorhang und schaute und winkte zu uns herab.

»Ich glaube, Lev, Olga und die anderen Menschen hier sind unheimlich froh, dass es euch gibt.«

Lev sperrte den Wagen auf und wir stiegen ein. »Olga hat übrigens auch zwei Söhne in unserem Alter. Sie sind beide Berufssoldaten und inzwischen in Mariupol stationiert. Seit letztem Jahr waren sie nicht mehr hier bei ihrer Mutter. Wer weiß, ob sie überhaupt noch einmal zurückkommen.«

Lev legte seinen Mercedes unangenehm in die nächste Kurve und befuhr eine Hauptstraße. Die Reifen pfiffen leicht. Ich schaute aus dem Fenster.

»Wie alt ist denn Olga dann, wenn sie zwei Söhne in unserem Alter hat?«

Lev schaute mich vorwurfsvoll mit hochgezogenen Augenbrauen an. »Sie ist 53, Paul. Ich weiß, dass sie deutlich älter aussieht, als sie ist. Aber was erwartest du? Bei alldem, was ihr hier passiert ist und unter welchen Umständen und in welcher Zeit sie hier leben muss.«

Ich nickte. »Ja, ich weiß. Ich habe es ja auch nicht böse gemeint. Aber schön wohnt sie in der Tat nicht unbedingt. Ich finde diese heruntergekommenen Wohnblocks schrecklich. Kein Wunder, dass dabei auch manch einer krank wird. Ich meine, wenn ich den Zustand mit Heidelberg vergleiche.«

Lev fuhr mit hoher Geschwindigkeit durch die Straßen. »Was ist so schlimm an einem Wohnblock? Olga ist froh, dass sie überhaupt eine eigene Wohnung mit Küche, Bad und Fernsehanschluss hat. Wir sind alle froh darüber. Dass nicht jeder in Gründerzeitvillen wohnen kann, wie ihr in Heidelberg, liegt ja auf der Hand.«

»Sehr witzig. Das ist mir auch klar. Als würde es in Heidelberg nicht auch Wohnblocks geben. Der Standard ist eben nur ein anderer. Bei uns ist beispielsweise nicht über jedem Wasseranschluss ein Wasserboiler montiert oder sowas. Die Zeiten sind lange vorbei.«

»Hast du schon mal etwas von Lunik IX gehört? Da sind wir alle froh, dass wir niemals so leben müssen. Da ist all das hier Gold dagegen.«

Lev zeigte mit seinem Finger auf weitere Wohnblocks, an denen wir vorbeifuhren. Ich schaute ihn erwartungsvoll an.

»Lunik IX? Nein, nie davon gehört.«

Lev hielt sich die Hand flach vor sein Gesicht. Er bremste den Wagen ruckartig ab, sodass ich in meinem Sitz nach vorne an das Armaturenbrett geschleudert wurde, und lenkte ihn schließlich an den Fahrbahnrand. Zornig schaute er mich an.

»Was hast du denn auf einmal? Habe ich was Falsches gesagt?«

»Dir sagt Lunik IX wirklich nichts? Das ist ja mal wieder typisch, dass es ein solches Thema nicht zu euch ins reiche Deutschland schafft. Wozu eigentlich auch. Lunik IX ist ein modernes Ghetto, drüben bei euch in der EU. In der Ost-Slowakei, in der Stadt Kosice, um konkreter zu werden. Die Lebensumstände dort sind so katastrophal, dass sogar Krankheiten wie Hepatitis oder Krätze verbreitet sind. Viele haben sogar Läuse oder was weiß ich. Oft gibt es nur für eine Stunde am Tag fließend Wasser. Danach wird es wieder abgestellt. Überlege dir das mal. Und so etwas bei euch in der reichen Europäischen Union.«

Lev öffnete die Autotür und stieg aus dem Wagen.

»Möchtest du auch etwas zu trinken?«

»Nein, danke«, antwortete ich perplex. Ich schaute Lev vom Auto aus nach, wie er über den Gehweg an einen kleinen Kiosk ging und sich eine Dose Bier kaufte.

Ich war noch immer zerstreut durch Levs Worte. Hektisch tippte ich auf meinem Smartphone ein, um nachzusehen, was mir Lev gerade erzählt hatte.

»Tatsächlich. Lunik IX. Nie davon gehört.« Bis jetzt.

Wir kamen wieder an der Trainingshalle an. Es war bereits reger Betrieb und die Räume mit den Boxsäcken waren gut besucht.

Ich machte mir selbst meine Gedanken und kam zu dem Entschluss, auch etwas an die Menschen hier weiterzugeben. Gerade, nachdem ich nun, seit meiner Zeit hier in Donezk, immer mehr Geschichten und Schicksale der Menschen hier erfahren habe.

Besonders am Beispiel von Ivan, der mangels Perspektive anfing, mehr und mehr Alkohol zu trinken, war es eine Idee, die Leute hier von diesem übermäßigen Missbrauch abzuhalten. Dies konnte ich zum einen damit erreichen, indem ich diesen Leuten wieder eine Perspektive gab, oder sie vor allem aber auch von den Problemen ablenkte oder sie zumindest dagegen resistent machte.

Mit Lev sprach ich über meine Idee der Achtsamkeit gegenüber uns Menschen selbst. Die Achtsamkeit, oder auch einfach nur das Sitzen in der Stille an sich, so, wie es mir damals bei Lev in Ostpolen geholfen hatte, sollte den Betroffenen einfach nur die Ruhe und die Kraft zurückgeben.

Denn die Situation hier war schon ähnlich zu der von damals, als Lev mich von Krakau mit in den äußeren Osten von Polen in die Datsche seines Onkels mitgenommen hatte. Auch ich hatte anhand der Achtsamkeit erkannt und gelernt, wie wichtig es doch sein konnte, mehr auf sich und seinen Körper zu hören und dafür unnötige Gedanken oder Ballast loszuwerden. Damals war es in meiner Situation zwar das Materielle und die Sucht am Zocken gewesen. Ich erkannte aber, dass man sein Leben auf das Wesentliche und Wichtige reduzieren sollte, um zurück auf den richtigen Weg zu gelangen. Auch dann, wenn man wie hier mitten in einem Konflikt lebte.

Wenn man die Signale des eigenen Innern wahrnimmt und auf sie hört, dann kann der Mensch mit einer völlig anderen Einstellung auf sein Leben und all seine Herausforderungen und Probleme blicken. Die innere Ruhe und Ausgeglichenheit gibt den Menschen Kraft. Egal, ob es nun das Problem der Sucht ist oder wie hier das alltägliche Problem eines Konfliktes in der eigenen Stadt.

Die Achtsamkeit hat aber nichts mit Meditation oder Ähnlichem zu tun und erfüllt auch sonst keinen weiteren Sinn. Das Sitzen in der Stille soll den Menschen einfach nur helfen, ihre Gedanken auf das Hier und Jetzt zu reduzieren und ihren Geist zu beruhigen.

Zu diesem Zweck stellte mir Lev einen kleinen Raum im Obergeschoss über der Trainingshalle zur Verfügung. Jeden Abend fanden sich hier Menschen zusammen, die ein bis zwei Stunden in der Stille sitzen wollten, um all die unnötigen Gedanken und Sorgen einmal für wenige Stunden vergessen zu können. Viele Besucher hatten überhaupt keine Erwartung an mich oder generell an die Sache. Da ich deren Sprache sowieso nicht sprechen konnte, war das auch ganz gut so. Sie setzten sich einfach hin und ließen die Ruhe und die Gedanken über sich selbst und über das Hier und Jetzt auf sich einwirken.

Sogar Ivan konnte ich dazu überreden, von Zeit zu Zeit daran teilzunehmen. Auch wenn gerade er damit zunächst überhaupt nichts anfangen konnte und auch überhaupt nicht in der Lage war, still sitzen zu bleiben, versuchte er es dennoch ab und an. Ivans Problem mit der Sache lag viel mehr darin, dass er sich von den anderen beobachtet fühlte und ihm die Sitzerei einfach peinlich war. Letztendlich setzte er sich in einen separaten kleinen Raum, wo er alleine war und ihn niemand anders stören oder ablenken konnte.

Dass das Sitzen in der Stille nicht für jeden etwas war, das konnten Lev und ich sehr gut nachvollziehen. Gerade wenn es Menschen waren, die mit Kriegserlebnissen zu arbeiten hatten oder mit anderen schrecklichen Erlebnissen oder Taten zurechtkommen mussten, war es schwer für sie, in der Stille dazusitzen, ohne ein Wort mit jemand anderem wechseln zu können.

Auch ich hatte nach der Nacht, in welcher ich einen Angriff miterlebt hatte, große Probleme damit, wieder zur Ruhe zu kommen. Gerade aber die Achtsamkeit und die Ruhe halfen mir dabei, das Erlebte für mich zu verarbeiten.

Wenn jemand dabei war, der über seine Probleme und Erlebnisse lieber reden wollte, dann redeten wir. Besser gesagt, Lev redete mit ihm. Ziel der von Levs aufgebauten Trainingshalle war es ja immerhin, den Menschen Ablenkung zu geben. Egal, ob dies nun durch Sport wie Boxen oder eine Unterhaltung oder letztendlich die Achtsamkeit war.

Bevor der Alltag für die Menschen hier am nächsten Morgen aber weitergehen würde, sollte zumindest jeder von ihnen einen Ort bei uns haben, der ihm half, all das für kurze Zeit zu vergessen und unbeschwert und ohne Sorgen zu verweilen. Egal, ob es Helfer waren, die am nächsten Morgen wieder zurück zu ihrem Einsatzort mussten. Egal, ob es Jugendliche waren, die am nächsten Tag nicht die Schule besuchen konnten, sondern ihrer Familie dabei helfen mussten, über den Tag zu kommen. Oder ob es auch einfach nur Menschen waren, die bereits alles verloren hatten. Menschen wie Lev.

Während dieser Zeit lernte ich viele Menschen und deren persönliche Geschichten kennen. Lev oder Ivan versuchten, mir diese so gut es ging zu übersetzen. Es waren alles Geschichten, die doch so unterschiedlich zu denen daheim in Deutschland waren. Die Größenordnung der Probleme und der Erlebnisse war dabei kaum zu vergleichen.

Anfang September geriet die Trainingshalle bei einem erneuten kurzzeitigen Beschuss genau ins Zielfeuer. Die Beschädigungen, von denen die Halle nun seit Beginn des Konfliktes größtenteils verschont geblieben war, hatten in dieser Nacht ein größeres Ausmaß erreicht. Lev war gezwungen, den Laden nun für längere Zeit geschlossen zu halten. Er wandte sich an seine Freunde und die zahlreichen Helfer.

»So schlimm das Ganze für uns alle nun auch ist, wir werden uns davon nicht unterkriegen lassen. Das verspreche ich euch.« Er schaute in die Augen vieler Niedergeschlagener, Erschöpfter und Zweifelnder. Zu oft hatte es Rückschläge gegeben und zu oft hatten die Menschen am nächsten Morgen wieder von vorne beginnen müssen. Mittlerweile waren alle an einem Punkt angelangt, an welchem es nicht mehr weitergehen konnte. Lev versuchte dennoch, seine Leute zu überzeugen.

»Es hätte uns schon längst und viel früher treffen können. Aber wir dürfen einfach nicht aufgeben. Es wird der Tag kommen, an dem das alles ein Ende haben wird. Und dann werden wir zufrieden auf das zurückschauen, was wir wiederaufgebaut haben.«

Kapitel 15

Die Sommermonate gingen langsam vorüber und der Herbst kündigte sich in winzigen Schritten in Donezk an. Ich war mit Lev zu Fuß unterwegs und wir passierten gerade den großen Platz vor dem Kaufhaus Kontinent. Lev hatte zuvor noch Freunde seiner Eltern besucht, die in der Stadt geblieben waren. Er erkundigte sich regelmäßig darüber, wie es ihnen erging und ob er ihnen nicht mit irgendetwas helfen könnte.

Auf den Straßen war es sonnig und angenehm. Es wimmelte überall von Menschen die unterwegs waren, um ihre Sachen zu erledigen. Es hatte etwas Beruhigendes und Einschläferndes, von dieser Spätsommerstimmung man hätte sich treiben lassen können.

Lev riss mich aus meinen Gedanken. »Ivan sollte uns gleich noch mit meinem Wagen abholen kommen. Dann fahren wir weiter zur Halle zurück.«

Lev ging in zügigen Schritten voraus. Ich schaute nach oben, dem blauen Himmel entgegen. Heute war es noch einmal schön warm. Die Sonnenstrahlen erwärmten mein Gesicht und ich genoss die letzten Sommertage.

»Los, mach schon, Paul«, lachte mir Lev zu. »Hör auf zu trödeln, du kannst dich später auch noch in die Sonne legen.« Ich holte Lev wieder ein und ging neben ihm.

»Okay, Paul, wir treffen uns hier gleich wieder. Ich gehe kurz auf die Post und schaue, ob etwas Neues für uns angekommen ist oder ob es sonstige Infos zur Lage gibt. Du rennst derweil kurz vor zu Iljas Laden und gibst ihm

Bescheid, dass wir uns heute Abend zur Besprechung treffen, okay?«

»Okay, Lev. Dann bis gleich«, gab ich zur Antwort, schaute entspannt hoch zur Sonne und rannte schließlich los.

Ich war keine fünf Meter auf dem Gehweg losgejoggt, als direkt neben mir auf der Fahrbahn ein mir entgegenkommender Wagen aus dem Nichts bremste und mit blockierten und weiß qualmenden Rädern über den Asphalt schoss. Das schrille Quietschen der Gummireifen, die sich auf dem Asphalt abrieben, ließ mich erschrocken zusammenfahren und ich drehte mich ruckartig um.

Dann vernahm ich einen kurzen aber heftigen Aufprall, als würde man einen nassen Zementsack zu Boden werfen, gefolgt von dem Geräusch von zersplitterndem Glas. Zehn Meter neben mir stand ein roter Moskwitsch schräg auf der Fahrbahn. Vor dem Fahrzeug lag eine dunkel gekleidete Person auf der Straße. Sofort rannten mehrere Passanten auf sie zu. Ich tat es ebenfalls.

»Verdammt, da ist jemand angefahren worden«, keuchte ich, noch im Rennen. Ich suchte auf dem Gehweg nach Lev, der doch gerade eben noch dastand und mich verabschiedet hatte. In der Menschenmenge konnte ich ihn aber nicht ausmachen. Mein Blick suchte nach ihm, konnte ihn jedoch nicht finden.

Ich rannte weiter zur Unfallstelle. Die Motorhaube des Moskwitsch war stark verbeult. Die Scheinwerfer waren zersplittert. Überall vor dem Wagen lagen die glitzernden Scherben wie kleine Steinchen verstreut. Der Fahrer des Moskwitsch saß noch immer starr vor Schreck auf dem Fahrersitz und hielt das Lenkrad fest umklammert. Er schien unter Schock zu stehen.

Die Person, die dort vor dem Wagen auf der Straße lag, regte sich nicht mehr. Sie trug einen schwarzen Pullover und blaue Jeans sowie ein Paar weiße Sportschuhe. Arme und Beine lagen flach vom Körper weggestreckt auf dem Boden. Die Augen der Person waren weit aufgerissen und starrten mich leblos an, als ich direkt vor ihnen stehend in sie hineinschaute. Es war ein gebrochener Blick, der von zwei Augen mit unterschiedlicher Pupillenfarbe ausging.

Es war ein mir bekanntes Gesicht, mit dem ich noch vor einer Minute geredet und gescherzt hatte. Es war das Gesicht von Lev.

Mir wurde plötzlich schlecht und ich riss mir beide Hände vor dem Mund. Es war tatsächlich Lev, der da leblos vor mir auf der Straße lag. Unter seinem Hinterkopf rann langsam Blut sternförmig über den Asphalt. So, als hätte jemand mit aller Kraft eine Glasflasche zu Boden geworfen, deren Inhalt sich dann in alle Richtungen zerplatzt verteilt hatte. Ekelhaft und lautlos glänzte mir der Asphalt rötlich entgegen.

Levs Bluejeans waren ebenfalls an den Knien dunkelrot verfärbt und vor Blut durchtränkt. Seine beiden Knie selbst standen in einem ungewöhnlich seltsamen Winkel voneinander ab. Ich konnte kaum hinsehen.

Ich bekam Tränen in die Augen und mir wurde übel. Ich fiel auf die Knie und griff nach Levs Arm. Er atmete nicht mehr.

Inzwischen war ein Polizeiwagen an der Unfallstelle eingetroffen und ein Beamter zerrte den Fahrer des Moskwitsch hinter dem Lenkrad weg. Der andere Polizist orderte augenscheinlich über das Funktelefon weitere Unterstützung an. Passanten boten mir derweil Hilfe an und sammelten sich um Lev und den verbeulten Wagen.

Unbeeindruckt von all dem verteilte sich Levs Blut derweil immer weiter auf dem Boden. Ich schluchzte und griff fest nach Levs Arm.

Im nächsten Augenblick ergriff mich ein Polizist an der Schulter und zerrte mich weg von ihm. Zwei weitere Polizisten, die inzwischen eingetroffen waren, drängten die Passanten zurück und sicherten die Unfallstelle.

Stumm und taub saß ich nun auf dem Bordstein am Boden, wohin mich der Polizist gebracht hatte. Ich musste zusehen, wie die Menschen um mich herum in Zeitlupe hin und herliefen. Es schien, als bliebe die Zeit stehen.

Lev war sofort tot gewesen. Er war einfach nicht mehr da und konnte mir nun keine Antwort mehr geben.

Mir wurde immer schlechter und ich bekam Schweiß auf die Stirn, bis schließlich mein Kreislauf kollabierte. Dann wurde mir schwarz vor Augen und ich verlor das Bewusstsein.

Meine letzten Gedanken in dieser Situation waren verwirrend und ungeordnet. Das sollte es also gewesen sein. Nach alldem, was ich mit Lev erlebt hatte, was er mir gezeigt hatte und was er geleistet hatte, war nun alles zu Ende. So unspektakulär und unnötig Levs Tod war, hatte er ihn einfach nicht verdient. Sofern er ihn überhaupt verdient hatte.

Jeder von uns hatte irgendwann einmal zu gehen. Aber noch nicht jetzt. Und schon gar nicht Lev. Ich war wütend. Aber das brachte mir ihn auch nicht wieder zurück.

Alles was blieb, waren die Erinnerungen. Und selbst die verblassten mit der Zeit. Es fühlte sich an, als hätte das alles nie stattgefunden, als wäre ich gar nicht hier in Donezk und als hätte Lev nie existiert.

Ich lag in Schockstarre.

Als ich wieder zu mir kam, fand ich mich auf der Rückbank eines Polizeiwagens wieder. Die Tür stand offen und ich befand mich noch immer am Unfallort. Draußen diskutierten die Polizisten miteinander. Ihre Stimmen drangen zu mir vor. Von den Armaturen des Polizeiwagens knarzte mir die Durchsage eines Funkgerätes entgegen. Einer der Polizisten kam schließlich auf mich zu, als er mich bemerkt hatte. Er warf mir etwas auf Russisch an den Kopf, aber ich konnte ihn nicht verstehen. Wortlos hielt ich ihm meinen deutschen Reisepass entgegen.

Als er erkannte, dass er mit seinen Fragen bei mir keinen Erfolg haben konnte, winkte er daraufhin einer anderen Person zu. Keine zehn Sekunden später stand Ivan vor mir und half mir aus dem Polizeiauto. Wie immer trug er einen farbigen Trainingsanzug der Marke Adidas und hatte eine Zigarette im Mundwinkel hängen. Mitleidsvoll und ebenfalls schockiert sah er mich an.

»Es tut mir leid. Es tut mir so leid für Lev«, brummte er mir entgegen, während die Zigarette in seinem Mundwinkel umhertanzte und Asche verstreute.

»Wir haben heute einen sehr guten Freund verloren. Es war der beste Freund, den man sich nur vorstellen konnte.«

Ich gab ihm keine Antwort, sondern schaute nur abwesend auf den Unfallwagen, der noch immer auf der Fahrbahn stand. Levs leblosen Körper hatte man inzwischen mit einer weißen Plane abgedeckt.

»Komm. Wir fahren heim. Wir können hier sowieso nichts mehr für ihn tun.«

Ivan legte mir seine Hand auf meine Schulter und führte mich langsam vom Unfallort weg. Wir gingen weiter, bis der Trubel und die Geräuschkulisse um die Unfallstelle hinter uns lagen.

Dann standen wir vor Levs schwarzem Mercedes 300. Ivan war mit dem Wagen hergefahren und sollte uns eigentlich damit abholen. Wir stiegen beide wortlos ein und fuhren los.

Es war irgendwie seltsam. Seitdem ich Lev kennengelernt hatte, fuhren wir in diesem, mittlerweile über zwanzig Jahre alten Auto umher. Von Ort zu Ort. All die Strecken, auf welchen ich auf dem Beifahrersitz gesessen und am Autoradio herumgedreht oder irgendetwas gelesen hatte oder einfach nur aus dem Seitenfenster hinausgeschaut hatte.

Von Ort zu Ort. Und dann Lev, der stets mit einer Hand lässig den Wagen steuerte, seine Pilotensonnenbrille trug und sich mit der anderen Hand vermutlich eine Zigarette anzünden würde.

Nun hatte all das Lev überlebt. Der Wagen hatte Lev überlebt und wurde einfach weiter genutzt. Er fuhr und heulte beim Gas geben auf, als wäre nie etwas gewesen. Alles ging weiter, als wäre nie etwas gewesen. Jemand starb, aber das Leben für die anderen ging weiter. Es war die harte Realität.

Ich schaute mich im Wagen um. Ivan schaltete das Kassettenradio ein.

»Schon komisch, dass Lev all die Jahre hier im Auto gesessen hat, hier drin mit uns erzählt und gelacht hat. Und nun wird er nie wieder hier hinter dem Steuer sitzen. Es war sein Mercedes. Das einzige, was er noch vor dem Krieg besessen hat und das ihm seitdem nicht genommen wurde.«

Ivan schaute zu mir rüber und runzelte die Stirn. Er hielt mir eine Packung Zigaretten entgegen.

»Hör auf damit, Paul. Es ist nun mal so. Wir können daran nichts ändern. Auch, wenn es noch so hart ist.«

Auf der Kassette traf Ivan genau das Lied »Gruppa Krovi« von Viktor Tsoi. Noch vor kurzem beeindruckte mich dieses Lied, mit welchem ich eine für mich neue Lebensform hier in Donezk verbunden hatte. Hörte ich das Lied heute, so machte es mich traurig.

Es war Levs Lieblingsgruppe und Lieblingslied gewesen und er hatte sich die Kassette von seinem ersten eigenen Geld gekauft gehabt. Damals in den 1990er Jahren. Ich blies meinen Zigarettenrauch langsam aus dem Seitenfenster. Widerstandslos verschwand er im warmen Fahrtwind.

Wir fuhren weiter durch die breiten Straßen von Donezk, zurück zur Wohnung. Ivan parkte den Wagen am Straßenrand und wir gingen beide nach oben.

Dort begann er nach und nach die Nachricht über Levs Tod an die anderen weiterzugeben. Ich stand orientierungslos in der Wohnung und schaute mich um. Es sah noch alles so aus, wie Lev sie zuletzt verlassen hatte. Es war ein Tag wie aus der Hölle für uns.

Lev war ein wirklich guter Freund gewesen. Er hatte mich ganz unten am Boden liegen sehen und auch wieder auf dem Weg nach oben. Umgekehrt war es genauso. Am Rande der Existenz hatte er mir damals geholfen. Er hatte stets Rat und Hilfe.

Das alles schien schon so lange vergangen. Es war alles so unwirklich und ich zweifelte daran, ob alles real war. Wahrscheinlich hatte Lev in der Realität nie so existiert, wie ich es in meiner Erinnerung hatte.

Von uns beiden besaß ich nur ein einziges Foto. Es wurde damals im Frühling 2011 in Ostpolen aufgenommen. Es zeigte uns beide, wie wir vor der Datsche von Levs Onkel standen und auf eine bessere Zukunft hin in die Kamera grinsten.

Kapitel 16

Nach Levs Tod waren die Stadt und das Leben in ihr unerträglich für mich geworden. Die Stille tagsüber in der Wohnung und dann die vereinzelten dumpfen Schläge und Geräusche der Frontlinie am Horizont in der Nacht machten mich verrückt. Zudem konnte ich die Sprache hier nicht sprechen und ich hatte große Probleme, wenn ich alleine unterwegs war. Selbst wenn es Kleinigkeiten waren, wie ein kurzer Einkauf, eine Fahrt mit dem Bus oder der Straßenbahn.

In Donezk hatte ich nun keine engeren Kontakte mehr. Levs restliche Familie hatte die Stadt längst verlassen und lebte in Kiew. Von Yuriy und Irina gab es keine Spur mehr und ich hatte lange nichts mehr von ihnen gehört. Vielleicht hatten sie ebenfalls schon lange die Stadt verlassen oder ihnen war womöglich auch etwas zugestoßen. Sie waren einfach weg.

Nur Ivan war nun noch da. Ab und zu schaute er bei mir in Levs Wohnung vorbei oder ich bei ihm und wir tranken etwas zusammen, erzählten oder saßen einfach nur da und schauten Fernsehen.

Aber auch wegen Ivan machte ich mir ernsthafte Gedanken. Entweder auch ihn traf es irgendwann wie Lev oder er würde sich durch seine ständige Trinkerei irgendwann selbst etwas antun. Wer wusste es schon, vielleicht würde er, wenn er wieder einmal betrunken war, sogar versuchen, mir etwas anzutun und mich einfach über den Haufen schießen. Dass er eine Pistole mit sich trug, hatte er uns und insbesondere mir bereits mehrmals demonstriert.

Auf Ivan war kein Verlass, solange er weiterhin so viel trank. Er wusste das auch selbst, aber er konnte für sich einfach keinen weiteren Lebensinhalt mehr finden, da ihm hier keine Perspektive mehr offenstand.

Waren wir in der Trainingshalle einen Schritt weitergekommen oder hatten etwas Neues auf die Beine gestellt, so warf uns der Ukrainekonflikt am nächsten Tag wieder zurück auf Anfang. Ivan konnte dieses Ankämpfen gegen Windmühlen nicht länger ertragen. Deshalb trank er.

»Diese Kontaktlinie! Diese verdammte Kontaktlinie!«, brüllte er des Öfteren aus dem Fenster durch die Nacht, wenn wir das Grollen am nächtlichen Horizont wahrnehmen konnten.

Die weitere Arbeit war für uns seit Levs Tod nicht gerade vielversprechend und es wirkte vielmehr, als seien wir an einem Ende angelangt.

Ivan war überrascht. Denn so entschloss auch ich mich letztendlich, früher als geplant, Donezk wieder zu verlassen und nach Deutschland zurückzukehren. Ich hatte meine Sachen gepackt und gab Ivan die Schlüssel zu Levs Wohnung. Er würde sie von jetzt an bewohnen, so lange es noch ging. Wer wusste das schon. Seine eigene Wohnung gab er auf.

Ivan übernahm auch Levs Mercedes. Er erklärte sich zum Abschied dazu bereit, mich zum Flughafen nach Saporischschja zu bringen. Zum Abschluss war es eine schöne Geste von ihm, mich mit Levs Mercedes zu fahren.

»Wo bin ich doch überall in diesem Fahrzeug gemeinsam mit Lev hingefahren«, erinnerte ich Ivan erneut daran.

»Aber alles geht zu Ende.«

An einem Dienstagmorgen fuhren wir schließlich los und ich kehrte der Stadt Donezk den Rücken. Zu viele schlechte Erinnerungen hingen für mich nun über ihr. Dabei hatten die Stadt und die Menschen dort es eigentlich nicht verdient. Es hätte eine schöne und lebenswerte Stadt sein können. Wie noch vor einigen Jahren.

Die Erinnerung an Lev, an die Ortschaft Spartak, den Flughafen und an alle anderen Menschen, die ich hier kennengelernt hatte und deren Schicksale für mich nun ungewiss bleiben würden. Schuld war der Krieg.

Auch ich hatte einmal tolle Erinnerungen an diese Stadt. Sogar in diesem Jahr während des Konfliktes. Ich hatte Freunde kennengelernt und Donezk selbst besser kennengelernt. Die Ereignisse zuletzt aber hatten alles verändert.

Ivan schaltete das Kassettenradio ein, als wir losfuhren. Nach einem Beitrag wurde klassische Klaviermusik gespielt.

Wir redeten bis auf wenige Worte nichts miteinander, sondern schwiegen uns die meiste Zeit an. Generell nahm ich keine anderen Geräusche mehr war, sondern betrachtete einfach nur die Stadt und die Umgebung, die am Seitenfenster an mir vorbeizog, während ich sie langsam hinter mir ließ. Richtung Westen.

Nur die Melodie von Chopins Walzer Nr. 7 drang laut und melancholisch zu mir vor. Die Bilder um mich herum liefen ab wie in einem Schwarzweißfilm. An der grauen Hauswand erschien das riesige Graffiti von Viktor Tsoi mit dem Wort »перемен« darunter. Erst jetzt verstand ich, dass es einst Lev war, der es dorthin gesprüht hatte. Mir lief eine Träne über die Wange.

Dann kamen die einstöckigen Einfamilienhäuschen aus

Holz und die vielen Holzgaragen, die heruntergekommen dastanden. Wir passierten Läden mit vernagelten Fenstern und Türen. Auf der linken Seite stand das Denkmal für den Zweiten Weltkrieg einsam auf einer kleinen Anhöhe im Park. Dann durchfuhren wir die Straßensperren und verließen allmählich die Stadt von Distrikt zu Distrikt.

Als um uns keine Gebäude mehr kamen, endete auch die Klaviermusik im Radio. Ich hatte Donezk hinter mir gelassen.

Zur Mittagszeit kamen wir am Flughafen in Saporischschja an. Mein Flug würde in etwa zwei Stunden gehen. Ich nahm mein Gepäck aus dem Kofferraum und verabschiedete mich von Ivan.

»Alles Gute und pass auf dich auf.«

Ivan hatte ich bisher als kalten, harten und leicht reizbaren Menschen kennengelernt. Ein Mensch, der gerne mal zuschlägt und etwas tiefer ins Glas schaut. Trotz allem war er ein wirklich guter Freund gewesen, wenn man ihn kennen lernen durfte und mit ihm gemeinsam um die Häuser zog.

Nun stand er da, in seinem gestreiften Trainingsanzug der Marke Adidas und hielt den Mercedesschlüssel in der Hand. Er schaute mich mit großen Augen an und wirkte fast, als täte auch ihm der Abschied ein wenig leid.

»Pass auch du gut auf dich auf, Paul! Toll, dass du den Sommer über da gewesen bist. Es war schön, dich kennengelernt zu haben.«

Ich nahm mein Gepäck und verschwand im abgetrennten Bereich des Flughafens.

Es war das letzte Mal, dass ich Ivan gesehen hatte. Ich habe nie wieder etwas von ihm gehört.

Ich kam gegen Abend in Frankfurt am Main an und nahm den nächsten Zug direkt nach Heidelberg. Ich war froh, dass ich wieder zurück in Deutschland war. Es war, als fiele eine gewaltige Last und ein innerer Druck von mir ab.

Das Geordnete, Organisierte und Planbare, das ich schon am Flughafen, später am Bahnhof und im Zug erfahren durfte, ließ mich wieder in eine neue Welt eintreten. Es war eine Welt ohne Angst und Willkür. Eine Welt der Sicherheit und der Regeln.

Endlich war ich wieder daheim. Wenngleich ich auch erschöpft war. Ich war froh.

Als ich am Heidelberger Hauptbahnhof über die Taxistände hinweg auf die Straße ging, bemerkte ich eine aufgebrachte junge Frau, die sich darüber beschwerte, dass ihr BMW durch einen Krankenwagen zugeparkt worden war.

Anscheinend hatte es im Bahnhofsgebäude einen Notruf gegeben und es wurde dringend Hilfe benötigt. Wie üblich parkten die Notärzte in zweiter Reihe, um keine Zeit zu verlieren. Jener Frau schien das relativ gleichgültig zu sein und sie fuhr die Ärzte an, was ihnen wohl einfiele, sie einfach zuzuparken, da sie noch auf ein wichtiges Meeting musste und sie deswegen nun zu spät kommen würde. Fassungslos sah ich nur zu, wie sie den Arzt schubste, der sowieso schon Mühe damit hatte, seine Ausrüstung zu tragen.

Die Szene bestätigte mir eindeutig, dass ich endlich wieder in meinem geliebten Heidelberg in Deutschland sein musste. Dem Land des Überflusses und des Wohlstandes, in welchem der Großteil der egoistischen Gesellschaft nur sich selbst im Sinn hat und den die Probleme der anderen nicht interessiert.

In Donezk würde niemand auf die Idee kommen, einen

Polizisten, geschweige denn einen Arzt zur Seite zu schubsen, um sein Fahrzeug wegfahren zu können. Dazu war zum einen der gegenseitige Respekt viel zu groß, und zum anderen die Angst vor der Konsequenz aus der Tat noch viel größer. Hier in Deutschland würde der Arzt womöglich noch von der Frau wegen des Parkens in zweiter Reihe angeklagt werden. Ich schüttelte, noch immer fassungslos, aber jetzt auch angewidert den Kopf.

»Pass bloß auf, du alte Schabracke, dass nicht eines Tages du auf einen Notarzt angewiesen sein wirst und jede Minute zählt!«, fuhr ich die junge Dame an und trat mit voller Wucht an das Kennzeichen ihres Fahrzeuges, sodass es eine Delle bekam. Perplex schaute mich die überladen zurechtgemachte junge Frau an. An ihrem Gesichtsausdruck konnte ich erkennen, dass es bei ihr ratterte.

»Was fällt Ihnen ein! Ich werde Sie anzeigen!«

Bevor sie ihre Drohung ernst machen konnte, war ich schon über den Fußgängerüberweg auf die andere Seite des Bahnhofes gelangt und lief dort in aller Ruhe weiter. Die restlichen Passanten schauten wie gewohnt nur auf sich selbst und sie schien auch dieser Zwischenfall nicht sonderlich zu interessieren.

Isabel und Steffen empfingen mich mit Freude, aber zugleich auch mit Trauer am Hauseingang. Ich hatte ihnen schon vor dem Abflug in Saporischschja geschrieben, was passiert war und dass ich rasch zurück nach Heidelberg kommen würde.

Den Abend und die Nacht verbrachte ich damit, ihnen das Erlebte zu erzählen. Bis tief in die Nacht schilderte ich meine Eindrücke, bis allmählich meine Stimme versagte und wir alle drei von Müdigkeit heimgesucht wurden.

Ich hatte gemischte Gefühle, wieder in Heidelberg zu sein. Zum größten Teil war ich aber einfach nur froh. Es war für mich die erste Nacht seit fast fünf Monaten, die ich sorglos durchschlafen konnte, ohne vom Lärm der Kontaktlinie oder dem Leuchten der Geschosse am Horizont wach zu werden. Es war eine ruhige und sichere Nacht. Und das mochte viel Wert sein.

Als ich Isabel einmal davon erzählte, von den Geräuschen und dem Leuchten an der Kontaktlinie in der Nacht, bekam sie Tränen in die Augen. Es waren Tränen angesichts der Gleichgültigkeit und Arroganz einer ganzen Gesellschaft, eines ganzen Landes und einer ganzen westlichen Union gegenüber einem Konflikt vor der eigenen Haustüre, in welchem die Menschen jeden Tag und jede Nacht in Angst verbringen.

Kapitel 17

Sie hatten alle Recht gehabt, aber ich hatte ihnen nie wirklich geglaubt. Sie hatten alle stets Recht damit gehabt, dass doch auch mir der Konflikt in der Ukraine und speziell in Donezk eigentlich völlig egal sein könnte, wenn ich keinen Bezug zur Stadt gehabt hätte.

»Hättest du Lev, Ivan und Yuriy nie kennengelernt, dann wäre dir all das hier vermutlich völlig egal und du wüsstest vermutlich noch nicht einmal, dass all das existiert.«

Hier in Deutschland lebte ich fernab von allen Problemen und vor allem weit weg von der Auseinandersetzung. Es konnte mich hier nicht interessieren, welches Haus als nächstes zerstört worden war oder welche Familie einen Verlust zu beklagen hatte.

Hier in Deutschland lagen meine Probleme vielmehr darin, mir Gedanken darüber zu machen, ob ich auf Social Media noch genügend Follower hatte oder ob ich meinem Nachbarn nicht wieder einmal einen netten Brief von meinem Anwalt schreiben sollte, weil er seinen Wagen falsch geparkt oder seinen Müll nicht korrekt getrennt hatte.

Ich machte mir keine Gedanken darüber, ob die Menschen an der Kontaktlinie ihre benötigten Medikamente erhalten konnten oder Zugang zu Trinkwasser und Lebensmitteln hatten. Hier in Deutschland schaute sich die Nation Abend für Abend zur besten Sendezeit begeistert ein Dutzend B-Promis an, die im Dschungel Ungeziefer und Unrat vor laufender Kamera fressen mussten. Oder wir zerlegten am Sonntag aus Frust das nächste Fußballstadion, zu dessen eigentlichem Spielanlass meist mehr Polizeimannschaften als Fußballfans anwesend waren.

Das waren meine Probleme. Nicht die von Lev, Ivan und Yuriy.

Tatsache war, dass sie tatsächlich Recht gehabt hatten. Seitdem Lev tot war und ich zu den anderen keinen Kontakt mehr hatte, rückte Donezk tatsächlich in weite Ferne. Ich war froh, nicht mehr dort zu sein und wollte von alldem nichts mehr wissen.

Aber dort war ich nun mal gewesen. Ich hatte mir meine eigenen Erlebnisse und Eindrücke gemacht und hatte Lev, Ivan und Yuriy kennengelernt. Der Sommer in Donezk hatte mich geprägt und mir Menschenkenntnis gegeben. Irgendwo war ich auch froh darum. Aber trotz allem hatten sie am Ende Recht gehabt.

Der Konflikt hingegen ging weiter und wird es vermutlich auch noch viele Jahre. Für die Menschen dort ging alles weiter, während ich einfach »halt« gesagt hatte und wieder abgereist war. Früher oder später hätte ich sowieso wieder abreisen müssen, da das Visum irgendwann abgelaufen wäre. Aber dennoch steht über alldem eine riesige Ungerechtigkeit.

All das, was ich gesehen und erlebt hatte, war eine große Ungerechtigkeit für die Betroffenen und die, die einfach zusahen.

Hier von Deutschland aus konnte man die Menschen in Donezk nur wenig unterstützen. Das einzige, was ich tun konnte, war, so oft es ging auf den Konflikt aufmerksam zu machen und unsere Gesellschaft damit zu konfrontieren.

Aber selbst diese Mittel waren endlich und das Interesse daran verschwindend gering.

Zur authentischen Berichterstattung hätte man sowieso vor Ort sein müssen. Da ich in Donezk niemanden mehr kannte, konnte und wollte ich das auch nicht mehr. Ich war wieder ein Teil von denen geworden, die wegschauten und sich durch den andauernden und allgegenwärtigen Konsum vom Nachdenken abhalten ließen.

Levs Schwester Emilia blieb weiterhin in Kiew. Sie war die letzte, zu der ich noch Kontakt hatte. Wir schrieben uns regelmäßig; mit der Zeit aber immer seltener. Es war für uns einfach alles viel zu unterschiedlich geworden. Zwei verschiedene Welten sozusagen.

Ich war froh, wieder in Heidelberg zu sein und wollte den Konflikt persönlich nicht mehr miterleben. Andererseits wollte ich nach all dem Erlebten aber auch helfen und wissen, wie es den Menschen dort erging.

Emilia hingegen ärgerte sich häufig, wenn ich die Ursachen des Konfliktes in der Ukraine anprangerte, obwohl ich doch überhaupt keine Ahnung von der Gesellschaft und der Politik dort hatte.

»Die jeweiligen Länder haben nun einmal eine unterschiedliche Vorstellung von Freiheit, Politik und Gesellschaft. Wir drängen euch ja auch nichts auf. Das hat jeder zu respektieren, solange es freiheitlich und demokratisch geschieht.«

Was uns blieb, war unser Ärger über die große Ungerechtigkeit und die Angst davor, dass Errungenschaften wie Demokratie und Frieden zu leichtgläubig und unbedacht aus den Händen gegeben werden.

Zugegeben, für die moderne und gewissermaßen auch »verblödete« heutige Gesellschaft scheint vieles selbstverständlich, was es doch eigentlich bei Weitem gar nicht ist.

So lebte schließlich ein jeder von uns weiter. Tag für Tag.

»In der Hoffnung, dass der Friede kommt, und für jeden von uns bleibt.« –

Lev und Paul im Sommer 2015.

Von Philipp Scholz lieferbar:

DTIBX9 – Der Untergang
Band 1
2020. 286 Seiten. Paperback € 21,90
ISBN 978-3-8301-9590-0

DTIBX9 – Kontaktlinie
Band 2
2020. 208 Seiten. Paperback€ 16,90
ISBN 978-3-8301-9589-4

R. G. Fischer Verlag